Les Ombres d'Édimbourg

Anna Lyra

Les ombres d'Édimbourg

tome 1,5 – Éclats d'Ombres

De la même autrice

Les Ombres d'Édimbourg

Préquel – Ceux qui voient
1 – L'Entre-Monde
1,5 – Éclats d'Ombres
2 – La Larme de Persine
3 – Le glaive du Destin

Romance historique française :

L'amour pour héritage
La joueuse de poker
Pour quelques touches de passion
Le Diable de Falaise

Série Romances écossaises :

La Fleur des Highlands
La vengeance du Highlander

Saga Vikings d'Écosse :

L'honneur d'une Viking
Sous l'emprise du Viking
La conjuration d'un Viking

Saga Les amants du Vinland :

Le souffle de Njörd
L'île du Ragnarök

ISBN : 9798682778553

Dépôt légal : septembre 2020

anna-lyra.com

Aux ancêtres qui scintillent dans nos cieux,

et aux jeunes étoiles qui brillent à jamais dans nos cœurs.

Ce roman est une œuvre de fiction.

Les références à des personnages ayant réellement existé, à des lieux réels, à des mythes urbains et à des événements historiques sont utilisées de manière totalement fictive.
Les autres lieux et personnages sont issus de l'imagination de l'auteur, et demeurent fictifs.

Toute ressemblance avec des personnages existants ou ayant réellement existé serait purement fortuite.

INTRODUCTION

Attention !
Si vous n'avez pas lu le premier tome des Ombres d'Édimbourg, L'Entre-Monde,
ce qui suit contient des spoilers.
Il est conseillé de commencer la série par le premier tome.

L'élaboration de ce recueil s'est imposée d'elle-même, parallèlement à l'écriture du tome 2 des Ombres d'Édimbourg, *La Larme de Persine*. En effet, au fur et à mesure que j'avançais dans les chapitres, écrivant la suite des aventures écossaises d'Emily et de ses amis les *draoidhean* d'Édimbourg, j'éprouvais la furieuse envie d'aller plus loin, d'approfondir certains sujets… Mais je ne le pouvais pas, car ce deuxième tome promettait déjà d'être plus long que ce que je prévoyais au départ ! Il m'était impossible de dévier sur d'autres sujets ou d'autres époques.

Alors, j'ai écrit la novella *Sortilèges*. Ce court roman, centré sur la jeunesse de James et Clara, m'a permis de préciser beaucoup de points au sujet du Code et des relations entre druides et sorcières, mais aussi de cerner plus précisément les personnages complexes que sont James et Clara. Ce sont, eux aussi, des héros des Ombres d'Édimbourg : dissimulées dans leur passé se trouvent des clefs pour appréhender leurs réactions, leurs pensées et leurs actes face à Emily, Ian, Doug, Bruce, David et Jenny.

Feu spectral est une nouvelle pour laquelle j'ai puisé mon inspiration chez l'un de mes auteurs favoris, Neil Gaiman. J'avais envie de développer le personnage de Jenny, et c'était l'occasion de la présenter sous un jour un peu différent. Une autre Jenny, que l'on rencontre en famille, loin du milieu des *draoidhean*.

La double mort livre d'autres secrets aux origines de la série des Ombres d'Édimbourg, concernant cette fois le druide maudit, Carron. Elle m'a aussi permis d'approfondir le personnage de Bleiz, que vous découvrirez dans *Sortilèges* et qui est appelé à devenir un personnage récurrent des *Ombres d'Édimbourg*.

La reine des Fées, quant à elle, est une nouvelle qui a un rapport avec les Ombres d'Édimbourg… mais il vous faudra attendre la sortie du tome 2, *La Larme de Persine*, prévue pour cet automne 2020, pour savoir lequel (oui, j'aime créer du suspense !).

J'espère que vous prendrez plaisir à découvrir ces récits parallèles, ces éclats d'Ombres, et qu'ils vous apporteront de nombreux éclaircissements sur la série !

Bonne lecture.

Sortilèges

1

Édimbourg, avril 1925.

— Ne soyez donc pas aussi nerveux, jeune homme. Nous nous rendons à un événement mondain, et non à une exécution.

— Oui, Sir.

Enfoncé dans son siège, au risque de froisser le costume noir à redingote que lui avait prêté le Lord Provost[1], James laissa échapper un soupir tendu.

Bien entendu, qu'il était nerveux !

Ce n'était pas comme si Sir Duncan MacLeod, ancien amiral du Firth of Forth et actuel Lord Provost, le conduisait à une simple et banale inauguration de bibliothèque… Ceci aurait déjà représenté une source d'anxiété bien compréhensible, car James n'appréciait guère la foule.

Mais il y avait bien plus qu'un événement mondain.

Cette cérémonie d'inauguration allait servir de prétexte aux *draoidhean*[2] d'Édimbourg pour rencontrer officiellement la confrérie des sorcières, avec l'objectif délicat et non moins capital de poser les bases d'une réconciliation.

Un grand événement. Inédit.

Dicté par la conjoncture.

Car depuis des siècles, druides et sorcières ne se fréquentaient plus…

---

1 L'équivalent du maire d'Édimbourg, élu par le conseil municipal et menant la gestion de la ville.

2 Druides. *Draoidh* au singulier (prononcer drou-i) et *ban-draoidh* au féminin.

Il avait fallu pas moins de quatre mois pour organiser cette rencontre secrète : l'inauguration de la bibliothèque offrait une couverture idéale.

En tant que Grand *Draoidh* de la ville et représentant de La Roue, la grande organisation druidique qui depuis des siècles veillait à la protection du monde humain, Sir Duncan MacLeod était en charge des négociations avec la confrérie des sorcières. Et James, son jeune apprenti, faisait bien sûr partie de l'aventure.

— Nous arriverons bientôt, poursuivit Sir Duncan. N'oubliez pas : ceci est une réunion sans précédent dans l'histoire des *draoidhean* et des sorcières d'Édimbourg. Nous avons besoin de cette rencontre, mais il ne faut pas pour autant cesser de nous méfier des sorcières.

— Bien entendu, Sir.

— Ouvrez l'œil durant les discours. Observez. Sondez les sorcières, leurs attitudes. La Gardienne de la confrérie en particulier, cette Agapanthe. Elle a la réputation d'une femme de fer. La vigilance est de mise, James !

Il acquiesça et frotta ses mains moites à son pantalon, incapable pour l'instant de maîtriser ses émotions. D'où lui venait donc cette nervosité ? Il n'avait guère l'habitude de manquer d'assurance : en règle générale, sa haute taille, sa carrure et son aplomb lui conféraient une aisance naturelle. Et là, inexplicablement, il se sentait aussi jeune et inexpérimenté qu'un garçon de douze ans même s'il avait en fait dix ans de plus.

James prit une longue inspiration.

L'inauguration elle-même lui importait peu. En revanche, il allait être mis en présence de tous les personnages importants de la ville, qu'ils soient terrestres[3] ou non. Et il allait rencontrer des sorcières. De véritables sorcières, en chair et en os !

Depuis des temps immémoriaux, druides et sorcières d'Édimbourg avaient cessé toute fréquentation. Un ancien Code réglementait précisément leurs rapports, et permettait exceptionnellement un travail

---

3 Dans les Ombres d'Édimbourg, les druides ont coutume d'appeler « terrestres » les humains sans pouvoirs.

commun sous des conditions très strictes, tout en bannissant le moindre lien personnel.

Comme tous les élèves du Grand *Draoidh*, James entendait parler de ce Code depuis toujours et avait appris à le respecter, tout en rêvant secrètement de voir une sorcière de ses yeux. Chez lui, la curiosité prenait parfois le pas sur le devoir. Oh, il était un apprenti très consciencieux ! Mais il avait tendance à chercher à tout savoir, à tout comprendre, au grand dam de son mentor que cette constante recherche de réponses agaçait souvent.

— Sir, puis-je vous poser une question ?

— Faites, fit le Lord Provost d'un air absent, en négociant un virage serré.

— Si les sorcières sont aussi fourbes qu'on le dit, pourquoi nous fier à elles ? Nous pourrions nous préparer au mieux pour l'événement qui approche sans leur aide.

— Non, nous ne le pouvons pas. Nous allons avoir besoin d'elles. Ne commettez pas l'erreur de sous-estimer l'adversaire qui approche, James…

— Mais si Agapanthe nous a tendu un piège ?

Sir Duncan secoua la tête.

— Ce n'est pas dans son intérêt, et une sorcière pense d'abord à son propre intérêt.

James grimaça. Il en savait bien peu sur elles.

Les sorcières étaient légendaires, entourées de mystères. De clichés. On les disait dépendantes à la magie, vieilles de plusieurs siècles, chevauchant des balais les nuits de pleine lune et concoctant des potions le reste du temps. James se doutait bien que les sorcières ne se changeaient pas en chats noirs tout en adorant des dieux sanguinaires et en sacrifiant des nouveau-nés sur des autels faits d'ossements humains… Il se demandait quelle part de vérité contenait ce ramassis de rumeurs séculaires.

Comment utilisaient-elles leur magie ? Étaient-elles aussi cruelles qu'on le rabâchait aux jeunes *draoidhean* durant leur formation ? Aussi dangereuses ?

Il ne tarderait plus à le découvrir.

La Star 15.9 HP de 1912 à la carrosserie crème, qui faisait la fierté du Lord Provost, s'arrêta dans un crissement de gravillons devant un haut bâtiment de style Art déco à l'élégance raffinée. Une nuée d'hommes fringants et de femmes resplendissantes descendaient de voiture ou de calèche pour se diriger vers l'entrée, échangeant saluts et marques de politesse.

— Nous y voilà, fit Sir Duncan en ouvrant sa portière. Allons, venez, James ! Et ne vous faites pas remarquer. Si tout se passe correctement, j'aurai une grande nouvelle à vous annoncer après la cérémonie.

— Oui, Sir.

Il s'extirpa de la petite automobile, déploya sa haute silhouette et fit rouler ses épaules avec soulagement. Il détestait monter dans cette fichue Star, dans laquelle il devait se comprimer telle une sardine dans une boîte de conserve.

— James, enfin ! gronda sir Duncan en rajustant son col d'un geste qui aurait pu paraître paternel s'il n'avait pas mesuré une tête de moins que son assistant. Veillez à votre tenue.

— Pardonnez-moi, c'est l'auto.

— Mon automobile n'est pour rien dans votre mise négligée ! Grand Dagda[4], quelle mauvaise foi...

James rajusta les pans de sa redingote, qui accentuait la largeur de ses épaules et l'étroitesse de ses hanches, vérifia le tombé de son pantalon et guetta l'approbation de Sir Duncan.

— Voilà qui est mieux. Nous avons assez perdu de temps ! Venez, jeune homme.

Réfrénant son agitation intérieure, James redressa le menton et suivit son mentor en direction d'un premier groupe de *draoidhean* qui leur souriaient de loin. Ce soir, plus que jamais, il devait tenir son rang et faire honneur au Lord Provost.

---

4 Divinité celte honorée par la religion druidique, dont l'un des attributs est la roue en tant que symbole cosmique et temporel.

Durant la cérémonie d'inauguration de la bibliothèque nationale, James s'amusa de la disposition de l'assistance. D'un côté de la salle à colonnes, les *draoidhean*, hommes et femmes, dignes et solennels. De l'autre, une impressionnante réunion de sorcières rivalisant de charme et de grâce. Les deux groupes s'observaient en silence, ne prêtant qu'une oreille distraite aux discours officiels.

Pour les humains présents, hautes autorités municipales et représentants de Sa Majesté Georges V, tout se déroula sans le moindre accroc. Ils ne se doutèrent visiblement pas que les deux clans de non-terrestres les plus puissants de la ville se préparaient aux premiers pourparlers organisés depuis des siècles. James remarqua un vieil homme aux impressionnantes bacchantes nacrées qui, en dépit de sa petite taille, attirait l'attention de tous par sa prestance et le regard acéré qu'il posait autour de lui.

— Voici Sir Alexander Grant, murmura le Lord Provost en suivant son regard. Le généreux mécène qui a rendu possible la création de cette bibliothèque ainsi que son inauguration ce soir.

— Alexander Grant… Le directeur des McVitie's[5] ?

— Lui-même. Les biscuits lui ont bien profité, car on dit qu'il a sorti de ses coffres pas moins de 100 000 £ dans le but d'aider le gouvernement à acquérir les collections de l'ancienne *Advocates Library*[6].

James sentit soudain un étrange frisson parcourir sa nuque.

On l'observait.

Plus exactement, quelqu'un de *puissant* l'observait.

Il prit son temps avant de tourner la tête, affectant une feinte nonchalance… Inutile de laisser transparaître son malaise. Un trouble grandissait pourtant bel et bien en lui, comme si un événement important

5 Marque de biscuits écossais.

6 L'*Advocates Library*, la bibliothèque de la faculté de droit, fut rachetée en 1920 grâce à cette aide de Sir Alexander Grant, et elle acquit le titre de *National Library of Scotland* en 1925 en même temps que l'inauguration de ses nouveaux locaux.

était sur le point de se produire. Un carrefour du destin. Un moment qui perturberait le fil de son existence, à jamais.

Tout ceci est ridicule !

Ou bien était-ce un sortilège ? Il ne devait pas oublier que les sorcières n'étaient pas réputées pour leur honorabilité et détestaient les druides, qui le leur rendaient bien.

James inspecta les alentours, feignant de laisser son regard errer paresseusement durant le discours enflammé que débutait Alexander Grant. Derrière lui, des *draoidhean* à l'air crispé. Il salua de la tête ceux qu'il connaissait, sourit à d'autres. Puis il s'intéressa de plus près aux rangs des sorcières, face à lui : la soudaine connexion qu'il ressentait provenait forcément d'elles.

Et alors, son regard rencontra celui, magnétique, d'une jeune femme brune aux grands yeux clairs. Toute de blanc vêtue. D'une beauté pure, éthérée et légèrement figée, telle une madone du Quattrocento[7].

James fronça les sourcils.

Qui était-ce donc ? Le connaissait-elle ?

Elle paraissait un peu plus jeune que lui, si réservée que son attitude détonait parmi ses compagnes qui cultivaient une apparence ouvertement séductrice. Robes moulantes ou un rien trop courtes, décolletés à peine trop profonds, profusion de bijoux scintillants et lèvres rouge vif… La jeune femme en blanc, quant à elle, ne portait qu'une simple robe fourreau assortie d'un long collier de perles, sa chevelure noire sagement coiffée en arrière. Et pourtant, James la trouva mille fois plus séduisante que n'importe quelle femme de l'assemblée, sorcière ou non.

Immobile, elle le fixait toujours avec intensité.

James voulut interroger son mentor au sujet de cette étrange inconnue : sans doute connaissait-il son identité. Il se tourna vers lui, mais ne le vit pas.

— Sir ?

---

7 Le XVème siècle italien, des prémices de la Renaissance.

Le Lord Provost s'était éloigné pour discuter à voix basse avec une *ban-draoidh* qui devait l'assister dans sa prise de parole face aux sorcières, après la cérémonie. James renonça à l'interrompre.

Lorsque ses yeux cherchèrent à nouveau l'inconnue en blanc, elle avait disparu.

2

— C’est lui, n’est-ce pas ? murmura Clara.

Elle s’était esquivée, trouvant refuge derrière une colonne de la vaste salle. Elle sentait son cœur battre aussi fort qu’un tambour de guerre.

Comme elle ne recevait nulle réponse, elle répéta sa question dans un souffle. Inutile d’attirer l’attention sur son invisible interlocuteur… Les terrestres présents la prendraient pour une illuminée, les druides soupçonneraient quelque manigance, méfiants comme ils l’étaient, et la plupart de ses consœurs ne manqueraient pas de s’interroger également. Son ami ne se montrait pas à toutes les sorcières.

Enfin, une légère brise, surprenante dans cette pièce fermée, vint effleurer son front moite.

Cela se pourrait.

La voix familière résonna directement dans sa tête, et Clara en fut rassérénée. Bleiz était là, non loin de l’immeuble certainement, afin de lui prodiguer ses conseils ainsi qu’il l’avait promis. Il ne l’abandonnerait pas. Il ne l’avait jamais fait : depuis ses plus lointains souvenirs, elle avait toujours pu compter sur lui.

Retrouvant un peu d’assurance, Clara répondit d’un sourire à une sorcière qui la fixait avec étonnement et fit quelques pas vers le fond de la salle. Ce grand *draoidh* l’avait totalement déstabilisée. Il avait ressenti son essence, soutenu son regard sans baisser les yeux… Il ne devait pas être beaucoup plus âgé qu’elle, quelques années tout au plus. Malgré sa jeunesse et la nervosité qu’il parvenait assez bien à cacher, il émanait de lui une indéniable autorité. Une force d’attraction contre laquelle Clara n’avait aucune envie de lutter.

Il était certes séduisant et d'une carrure impressionnante, mais c'était autre chose : une sorte d'aura charismatique qui rendait sa présence aussi frappante qu'un éclair en plein orage.

Le pouvoir.

Clara l'avait reconnu. Ce *draoidh*, même s'il n'était pas celui qu'elle recherchait, possédait en lui une puissance qui lui promettait un destin important… Une place éminente parmi ses pairs, sans le moindre doute.

Clara se rencogna dans un angle de la pièce, cherchant des yeux le grand druide.

Il n'avait pas bougé. Lui aussi parcourait la salle du regard. S'il la guettait, il ne la voyait pas : Clara se savait plutôt petite et quasiment invisible au sein de cette assemblée de sorcières toutes plus envoûtantes les unes que les autres.

Elle s'obligea à ne pas s'attarder sur ses traits masculins, sa chevelure souple, la perfection de sa silhouette dans cette redingote un peu démodée... Sa beauté virile provoquait en elle un curieux émoi qu'elle préférait ne pas analyser.

— Comment vérifier si c'est bien lui ? demanda-t-elle en bougeant à peine les lèvres.

Même si Bleiz ne se trouvait pas physiquement dans la pièce, elle savait qu'il l'entendait. Quel dommage qu'elle ne puisse pas communiquer par télépathie, elle aussi !

La réponse ne se fit pas attendre.

À toi de le découvrir. Si le sang de Fraoichan coule dans ses veines, il devrait se manifester.

Clara acquiesça avec un soupir nerveux.

Ne t'inquiète pas, il suffira d'un sortilège. Tu ne courras aucun danger.

— Et ensuite, ce sera terminé ? Une fois que tu auras trouvé celui que tu cherches ?

Si ce draoidh est bien celui que je veux, alors il ne me restera plus qu'à garder un œil sur lui jusqu'au jour où j'en aurai besoin.

Clara brûlait d'envie de lui demander plus de détails sur ses projets, mais c'était inutile car son ami ne répondrait pas. Bleiz ne répondait jamais à ses questions, dès lors qu'elles portaient sur son fameux plan !

D'après ce qu'elle avait compris, il travaillait dessus depuis plusieurs siècles. Ce devait forcément être important…

Soudain, Clara sursauta. L'une de ses amies se tenait devant elle, tout sourire.

— Que fais-tu cachée là ? Agapanthe t'attend. Ce sera à toi dans un instant.

— Bien sûr, j'arrive ! Merci, Agatha. Agapanthe n'est pas fâchée ?

Agapanthe, la plus haute autorité de la Confrérie, n'avait pas un caractère facile et ses sautes d'humeur intimidaient toujours Clara.

Agatha sourit plus largement.

— Non, tout va bien. Seulement, ne traîne pas ! Je sais que tu détestes être le centre de l'attention, mais dis-toi que ton intervention sera rapide. Tout le monde t'oubliera dès qu'Agapanthe prendra la parole.

Clara hocha la tête. Elle ne put s'empêcher de songer au grand *draoidh* en redingote qui, lui, ne la lâcherait sans doute pas des yeux… Il allait la voir. La regarder. Poser ses prunelles ardentes sur elle et la détailler.

Et alors ? Ce n'est pas important.

Elle se reprit aussitôt.

Elle devait se montrer à la hauteur ; Agapanthe ne laisserait passer aucune erreur. Pourvu que ce grand *draoidh* ne la perturbe pas trop ! Sa mission, ce soir, était capitale.

— Je suis prête.

Elle respira à fond avant de suivre son amie.

C'était à elle d'entrer en scène, à présent.

3

Les sorcières préparaient quelque chose. James l'aurait juré. À présent, voilà qu'elles s'agitaient, se lançaient des œillades entendues. Les pourparlers allaient-ils déjà commencer ?

Impossible.

Pas en plein discours officiel. Il y avait des terrestres partout dans la salle... De simples humains sans pouvoirs, des personnes qui ne pouvaient quitter leur dimension. Druides et sorcières, eux, possédaient la capacité de rejoindre l'Entre-Monde, et éventuellement d'autres mondes encore.

James avisa l'air sévère de la Gardienne de la Confrérie, qui se démarquait aussi bien que la reine des abeilles dans une ruche. Élancée, dégageant un charme suranné avec son chignon haut et sa robe trop longue. Elle portait même un corset, à en croire sa silhouette certes sculpturale, mais excessivement raide. James se demanda si elle conservait un style démodé à dessein, ou bien par attachement sentimental – si tant est que ces femmes éprouvent des sentiments.

S'il ignorait tout de ce dernier point, en revanche il savait que les sorciers très puissants étaient autrefois capables de vivre longtemps, bien plus longtemps que des êtres humains. C'était là l'origine du cliché, déformé et amplifié, de la vieille sorcière traversant les siècles… S'il ne s'agissait pas de siècles, l'exceptionnelle longévité des sorciers était toutefois un fait avéré. Sans doute était-ce le cas de cette… cette…

Bigre ! Comment s'appelle-t-elle déjà ?

Elle avait un nom impossible. Un nom de fleur, mais lequel ?

Sir Duncan revint lentement vers lui, la mine soucieuse.

— C'est le moment. Agapanthe va lancer le signal.

Agapanthe ! C'était bien ça. Il n'y avait vraiment que les sorcières pour porter des noms aussi ridicules, songea James.

— Sir, si je puis me permettre une question… Comment va-t-elle s'y prendre pour que nous puissions discuter sans éveiller les soupçons des humains réunis ici ?

Le Lord Provost eut un demi-sourire.

— Elle a une arme secrète. Ouvrez bien les yeux, James.

Au même instant, James ressentit à nouveau cet étrange frisson. Sauf que cette fois il ne l'inquiéta pas, car il savait qui en était à l'origine : la jeune femme en blanc. Il éprouva une étonnante joie intérieure à l'idée de la revoir.

Elle fendit les rangs des sorcières pour s'approcher discrètement de l'orateur, décidément en verve, qui n'en finissait plus de parler. Très réservée, elle rougissait sous les regards et baissait modestement les paupières.

Soudain, elle leva le menton et planta directement ses yeux dans ceux de James. Comme si elle avait toujours su où il se trouvait dans la salle. Elle détourna vite la tête, éleva une main fine et délicate avant de tracer dans les airs un signe mystérieux.

Tout se figea subitement.

Les derniers échos du discours flottèrent un instant au-dessus des chapeaux melon et des chapeaux cloches. Tous les terrestres étaient à présent immobiles, saisis dans une écoute attentive ou bien dans un mouvement insignifiant… Une femme surprise en train de cligner des yeux paraissait maintenant dormir debout, tandis que son époux avait été figé en pleine opération de curage d'oreille.

Alexandre Grant avait été pétrifié en train de pérorer sur l'immense honneur qui lui avait été fait d'ouvrir ses coffres pour aider le gouvernement écossais à acquérir les collections de sa bibliothèque nationale. Il n'avait, semblait-il, rien remarqué car il était immobilisé la bouche grande ouverte, les yeux brillants. Statufié de son vivant.

Impressionné, James dévisagea la femme en blanc avec un intérêt renouvelé.

Une enrouleuse de temps !

Cette petite jeune femme toute discrète, toute menue, était donc une sorcière doublée d'une enrouleuse de temps ? Ainsi, non seulement elle était divinement jolie, étonnamment sobre et réservée pour une consœur d'Agapanthe, mais de plus elle possédait un pouvoir rare et convoité…

La curiosité de James décupla dans la seconde.

— C'est l'heure, souffla Sir Duncan en s'éloignant d'une démarche raide.

Reprenant ses esprits, James suivit le mouvement des *draoidhean* autour de lui et se rapprocha des sorcières. Ils formèrent deux lignes face à face, s'observant toujours mutuellement, avec intérêt pour certains, mépris pour d'autres, voire un dégoût ostensible pour une poignée de druides parmi les plus âgés. Les rancunes étaient tenaces entre leurs deux groupes.

Agapanthe s'avança vers Sir Duncan.

Ils se saluèrent avec solennité.

— Grand *Draoidh*.

— Gardienne.

Vinrent ensuite quelques formules de politesse avant que la sorcière n'aborde les choses sérieuses.

— Calton Hill[8] est sous votre responsabilité depuis plusieurs siècles, *draoidhean*, et pourtant son vortex nous est nécessaire, à nous aussi. Nous avons besoin de son énergie, ainsi que vous le savez.

Des murmures parcoururent la salle. James pinça les lèvres. D'après ce qu'il avait appris auprès de son mentor, les sorcières étaient si éprises de pouvoir qu'elles développaient souvent une addiction dangereuse pour l'énergie occulte, que l'on appelait de ce fait la « Sève des sorcières ».

Fort heureusement, Sir Duncan ne se laissa pas manœuvrer aussi facilement.

— Calton Hill est actuellement la possession des *draoidhean*, ainsi que tu l'as souligné, Agapanthe. Tout comme son vortex. Nous ne pouvons remettre en question les dispositions prises des siècles en amont ! Comme tu le sais, l'attribution de Calton Hill a été décidée en

---

8 Colline située près du centre-ville d'Édimbourg. Dans les Ombres d'Édimbourg, sorcières et druides s'en disputent la possession en raison de la présence là-bas d'un vortex de passage.

même temps que fut rédigé le Code.

Ce mot, à lui seul, suffit à faire taire les commentaires à voix basse. Toute l'assistance écoutait, brusquement fascinée. Toute l'existence des non-terrestres présents était régie par ce règlement.

— Le Code reste le Code, reconnut Agapanthe avec un sourire charmant. Loin de moi l'idée de contrevenir à notre loi commune… Je n'en ai pas oublié les motivations.

— Fort bien.

— Cependant, reprit la sorcière en plissant ses yeux aux cils interminables, si nous ne pouvons nous rendre à Calton Hill, nous avons besoin d'un autre accès à l'énergie.

— C'est-à-dire ?

— L'Entre-Monde. Vous avez réglementé son accès aux seules Gardiennes : ouvrez-nous à nouveau ses portes. C'est une zone neutre, qui appartient autant aux draoidhean qu'aux sorcières.

— Nous verrons. Tout d'abord, je dois vous entretenir d'une menace dont nous avons entendu parler et qui va peser sur nos deux communautés : nous aurions tout à gagner à nous lier contre ce nouvel ennemi.

— Qui cela ? Oh, vous voulez dire…

— Ne prononcez pas son nom !

Agapanthe s'interrompit, ses lèvres s'étirant en un sourire éclatant.

— Oh, bien sûr. J'avais oublié votre… prudence.

— Mieux vaut être prudent avec ce genre d'ennemi. Son retour n'est pas encore certain, cependant tout porte à croire que les conditions seront bientôt réunies.

— D'ici quelques années, voire quelques décennies.

— Exactement. Et nous devrons être prêts, alors.

James se désintéressa de la suite des échanges, car il venait de retrouver la trace de l'enrouleuse de temps… Elle se cachait à moitié derrière une colonne, les yeux perdus dans le vide. Ses lèvres bougeaient légèrement.

Dévoré de curiosité, James profita de la tension ambiante pour reculer d'un pas, puis d'un autre. Il s'éclipsa discrètement derrière les rangs de ses compagnons, puis sur un côté de la salle. Camouflé au sein d'un groupe de terrestres figés en posture d'ennui poli, il ne se ferait pas remarquer.

Elle était là.

À l'écart, elle aussi.

James ne réfléchit pas et commit une légère infraction au Code en lançant un appel télépathique.

Bonjour, Mademoiselle. Je me présente, je m'appelle James. À qui ai-je l'honneur ?

Elle sursauta, jeta des regards affolés autour d'elle. Lorsqu'elle le remarqua enfin, la colère envahit ses yeux clairs. La colère, et non la peur ou la surprise… Comme si elle était habituée aux communications télépathiques.

Quel est votre nom ? Prononcez-le à voix basse, je l'entendrai.

Se focalisant sur son ouïe, James envoya ses capteurs droit sur elle afin de ne pas perdre le moindre son s'échappant de sa bouche. Ses capacités druidiques lui permettaient de pousser ses sens au maximum.

— Clara.

Clara. Un prénom simple, sans rien à voir avec les fleurs… Et si merveilleusement adapté à ses grands yeux, d'un bleu si clair qu'ils en étaient stupéfiants. James songea que la Gorgone devait posséder de tels yeux, pour pétrifier ses ennemis ! Sauf que cette Clara n'avait décidément rien de commun avec un monstre mythologique.

James ressentit un étrange pincement, quelque part dans son esprit. Il ne savait pas à quoi l'attribuer et cela le perturba.

Et maintenant ? Quoi lui dire ? Tout rapport entre leurs deux groupes était strictement interdit par le Code. Il devait rompre la communication. Retourner en vitesse parmi les siens, et oublier le joli visage de cette

Clara.

Par les dieux, elle était si belle ! Si innocente, et pure…

Si incroyable. Il s'était attendu à tout, sauf à croiser la route d'une telle sorcière.

Au lieu de tourner les talons, James lança donc un nouveau message tout aussi irréfléchi que le premier.

Je suis heureux de vous connaître, Clara. Je n'avais jamais rencontré d'enrouleuse de temps.

— Et de sorcière ?

Il sourit.

Ni de sorcière, c'est vrai.

Une légère rougeur envahit ses joues pâles.

— Êtes-vous déçu ? Je veux dire…

Elle secoua la tête, comme tourmentée de cette conversation interdite.

Je suis curieux.

Elle se mordit la lèvre en capturant à nouveau son regard.

— Moi aussi, je l'avoue.

James sentit son souffle s'accélérer. Ses tempes bourdonnaient. Il était encore novice en télépathie et ce dialogue le fatiguait rapidement.

Allons ! Cela n'a que trop duré.

Si jamais Sir Duncan apprenait qu'il avait légèrement transgressé le Code en adressant la parole à une sorcière, James passerait un sale quart d'heure.

Il faut nous dire adieu. J'ai été ravi, Clara.

— Et si je vous disais juste au revoir ? Peut-être nous reverrons-nous ? Dans l'Entre-Monde... Nos dirigeants viennent, je crois, de parvenir à un accord.

Je… Non. C'est impossible. Je voulais simplement vous saluer, pas convenir d'un rendez-vous ! Mes excuses, Clara, mais je dois décliner.

— Je vous en prie ! Le quotidien est si morne… Vous êtes le premier être à qui j'adresse la parole qui ne soit pas l'une de mes sœurs, et… J'ai aimé parler avec vous.

Moi également. Cependant, il y a le Code : nous devons le respecter. Aucun contact, personnel ou professionnel, avec une sorcière sauf cas d'extrême urgence.

Elle parut hésiter, rougit encore plus.

— Et…

Elle sembla sur le point de ne rien ajouter, se ravisa et lança le reste d'un trait.

— C'est une urgence. Je ne devrais pas en parler, surtout pas à vous, mais… Revoyons-nous dans l'Entre-Monde, je vous dirai tout.

Comment refuser ? James hocha la tête.

Bien. La prochaine lune pleine, à la tombée de la nuit.

— J'y serai.

Elle disparut derrière la colonne, aussi furtive qu'une biche bondissant entre les arbres.

James revint prendre sa place parmi les *draoidhean*, plus troublé que jamais par sa rencontre avec la sorcière toute de blanc vêtue.

L'étonnante, la ravissante et désarmante Clara.

4

Clara ne trouva pas le sommeil, cette nuit-là.

Elle était partagée entre son devoir envers Bleiz et sa réticence à manipuler ce grand *draoidh* qui lui avait fait si forte impression. Lorsqu'il avait pénétré dans son esprit, tout à l'heure, en établissant un lien télépathique entre eux, elle était en train de parler à son ami secret. C'est pourquoi l'agacement l'avait envahie, avant qu'elle ne saisisse pleinement ce que cela signifiait : ce druide, ce James, avait dérogé aux premières bases du Code. Il était entré en contact avec elle !

C'était incompréhensible.

Clara elle-même était une fervente adepte du Code. Elle était bien placée pour en connaître l'importance : Bleiz lui avait raconté l'essentiel. La concertation entre druides et sorcières, la rédaction de ce nouveau règlement au cours du Moyen-Âge… Il avait été convenu, à l'époque, que s'éviter était la meilleure méthode pour les deux peuples de non-terrestres de maintenir un équilibre harmonieux. De cohabiter intelligemment dans le monde humain.

Clara était persuadée depuis toujours du bien-fondé du Code et n'envisageait pas une seule seconde d'y déroger !

Avant…

C'était avant.

Aujourd'hui, elle devait agir contre ses principes pour venir en aide à Bleiz. Il avait été suffisamment clair sur la question : il fallait découvrir si James était ou non celui qu'il cherchait. Et Clara, bien entendu, se devait de lui apporter son soutien.

Elle avait suivi ses conseils et tenté de jouer la séduction pour éveiller l'intérêt de James, même si elle ne maîtrisait absolument pas le sujet ! Ses répliques supposées charmeuses avaient sonné faux à ses oreilles... Elle s'était sentie pathétique. Toutefois, le principal était que l'entreprise avait réussi : elle allait rencontrer James et, le moment venu, découvrir s'il était bien l'homme recherché par Bleiz.

Et s'il lui fait du mal ?

Elle se retourna encore entre ses draps. Mieux valait ne plus y songer et accueillir sereinement le sommeil. Cela ne la concernait pas, après tout. Pas le moins du monde.

Sa conscience ne la laissait pourtant pas en paix. Elle avait menti ! Elle avait attiré le *draoidh* avec un mensonge, une fausse promesse de mystérieuses révélations. Bleiz lui avait dit de procéder ainsi, arguant qu'un druide, trop préoccupé par son rôle de protecteur des mondes, ne pourrait résister à la tentation de découvrir une source de problèmes.

Ce James a l'air gentil. Il semble me faire confiance sans même me connaître…

Clara ne pouvait s'empêcher de ressentir un grand vide en elle à l'idée qu'il lui arrive malheur par sa faute, mais en même temps elle se savait investie d'une totale loyauté envers Bleiz qui était comme un père pour elle… Orpheline dès l'enfance, Clara n'avait eu que lui pour lui prodiguer encouragements et conseils, la rassurer, la féliciter à chacun de ses succès sur la voie de la sorcellerie. L'aider à grandir, en somme. Et à devenir la sorcière qu'elle était à présent. Elle lui devait autant qu'à Agapanthe, ce qui n'était pas peu dire !

Alors, si Bleiz avait besoin de James, elle le seconderait pour qu'il atteigne ses objectifs. Quels qu'ils soient.

James m'a parlé. À moi, juste à moi. Il a eu envie de me connaître malgré les interdictions du Code.

Malgré elle, Clara entendait toujours cette petite voix, en elle, qui se préoccupait du sort de ce beau *draoidh* si surprenant, qui avait bravé le Code pour venir à elle. Sans raison. Ou alors, ainsi qu'il l'avait dit, « par curiosité ».

Clara sourit contre son oreiller. Elle aussi, elle était curieuse à présent. Et fortement perturbée… Ses pensées se brouillaient, elle était bien loin de ressentir le calme intérieur nécessaire à la pratique des rituels !

James n'était pas déplaisant, bien sûr, avec son visage carré et ses sourcils fournis qui soulignaient son regard perçant : il était même très bel homme. Son aura de puissance contribuait largement à le rendre séduisant. Clara n'était guère expérimentée, puisqu'elle allait sur sa dix-septième année, cependant son potentiel magique, qu'elle apprenait à maîtriser chaque jour avec le plus grand sérieux, lui conférait une maturité bien plus importante que chez les jeunes filles de son âge. Et malgré cela, jamais encore elle n'avait perdu ses moyens de la sorte face à un homme.

Un *draoidh* ! Ce soudain rappel de la réalité lui fit ouvrir les yeux en grand dans l'obscurité.

Déesse Mère, qu'est-ce qui me prend ? On dirait une adolescente énamourée.

C'était un druide, et elle était une sorcière. Leurs deux peuples ne se fréquentaient pas, ne s'appréciaient pas, et ce pour le bien commun de l'humanité et du monde. Comment pouvait-elle songer un instant à s'enticher d'un *draoidh* ?

Quelque chose n'allait pas. Cette inexplicable faiblesse n'était peut-être pas naturelle, ou si elle l'était, il fallait l'étouffer dans l'œuf. Heureusement, en tant que sorcière, Clara pouvait agir.

Repoussant les draps, elle se leva et s'approcha à pas lents de son autel personnel, au centre de la pièce. Elle en alluma les bougies tout en récitant une prière à la Déesse, puis toucha du doigt la plume, la pierre et le petit coquillage assemblés sur l'autel, qui représentaient les trois autres éléments de la Vie. Le feu, l'air, la terre et l'eau étaient ainsi tous invités à répondre aux interrogations de la sorcière.

Pourquoi ce draoidh *me trouble-t-il ?*

Est-ce un enchantement ?

Un mauvais sort ?

Qui m'a envoyé James ?

Pour l'instant, rien ne venait. Clara décida de ne pas brusquer les choses.

Elle contempla longuement les flammes des bougies, droites et fières, qui paraissaient satisfaites de son questionnement. La pierre semblait luire faiblement, comme pour attirer son attention. C'était un petit galet poli, trouvé en bord de mer.

Clara le prit, le tourna entre ses doigts, vigilante. Ouverte à son ressenti.

La pierre lui apporta un peu de stabilité. Elle l'incitait à reprendre pied dans le réel sans se laisser emporter par les stupides émotions qui l'envahissaient à la pensée de sa mission.

Je dois aider Bleiz. Peu importe James : je dois simplement aider Bleiz.

Réconfortée, Clara remercia la Déesse et la mer, qui lui avait envoyé cette pierre porteuse de réponses. Elle moucha ensuite les bougies de ses doigts humidifiés et se recoucha avec la certitude d'avoir retrouvé la voie à suivre.

Le lendemain matin, le premier réflexe de Clara fut de se confectionner une amulette pour se protéger émotionnellement. Prenant le galet qui s'était imposé à elle la veille, elle le purifia avec un bain de sel, puis le chargea de son intention de se prémunir de tout sentiment envers la gent masculine en général – et envers un certain druide en particulier. Une goutte d'huile rituelle assortie d'une pincée de poudre de bannissement vinrent parachever le sortilège.

L'amulette l'aiderait à garder ses esprits en présence du *draoidh*. Clara la glissa dans l'une de ses poches.

Elle portait l'une de ses robes blanches coutumières, car elle appréciait plus que tout le pouvoir du blanc dans la quête de l'équilibre et de la spiritualité. Celle-ci était juste plus pratique que la robe fourreau de la veille, avec ses multiples poches destinées à tout l'attirail d'une sorcière : fioles, poudres, bougies, et bien sûr sa baguette. Lorsqu'elle serait plus expérimentée, Clara pourrait sans doute s'en passer, mais pour l'heure le soutien de sa petite baguette de bouleau lui était précieux dans le déroulement des rituels.

Elle prit son petit-déjeuner dans la grande salle commune de Chez Bridget, le restaurant de Leith qui servait de quartier général secret aux sorcières d'Édimbourg. La compagnie de son amie Agatha lui redonna le sourire.

— Alors, dis-moi, tu n'es pas trop fatiguée de ta performance d'hier ? Le temps est resté suspendu un long moment… Tu as dû y consacrer beaucoup d'énergie ?

— Ça va. Je m'étais correctement préparée. Ces dernières semaines de travail n'ont pas été inutiles !

En réalité, la conversation télépathique avec James s'était révélée bien plus éprouvante… Il n'était pas question, cependant, de s'en confier à Agatha. Même si elle connaissait l'existence de Bleiz, son amie n'était pas assez proche de lui pour tout savoir de ses plans.

Clara changea donc de sujet, et maintint la discussion dans un registre léger jusqu'à l'heure de quitter la salle.

— Tu vas travailler ta magie, aujourd'hui ? s'enquit-elle en franchissant le seuil.

— Je dois encore stabiliser mon sort d'illusion, soupira Agatha. Je ne parviens pas à créer une vision en trois dimensions qui dure plus de dix secondes.

— Tu vas y arriver, tu verras.

— C'est facile, pour toi ! bougonna-t-elle. Avec tes pouvoirs…

— Clara travaille beaucoup pour atteindre ses objectifs : le pouvoir ne fait pas tout.

La voix, grave et rauque comme un grondement, les fit sursauter toutes deux. Un homme grand et maigre, le nez trop long, les cheveux noirs comme la nuit et l'œil d'un turquoise presque surnaturel, sortit de l'ombre au fond du couloir. Son visage osseux était mangé par une barbe broussailleuse.

— Bleiz ! s'écria Clara avec un peu trop d'enthousiasme. Quelle bonne surprise ! Depuis le temps qu'on ne t'avait pas vu…

Il la réduisit au silence d'un regard. Tourmentée par la nécessité de cacher à Agatha sa mission secrète de la veille, Clara risquait fort de se trahir par son flot de paroles. Elle baissa la tête en sentant ses joues rougir. Le mensonge ne faisait décidément pas partie de ses aptitudes, cela, c'était certain.

— Justement, reprit Bleiz, la bouche étirée en un sourire qui dévoilait ses dents. Je suis venu te rendre visite, Clara : cela fait si longtemps, en effet ! As-tu réussi à perfectionner tes sorts ? Ta boule de feu est-elle devenue plus puissante ? Dis-moi tout.

— Bon, eh bien, je… Je vous laisse. Au revoir, Bleiz.

— C'était un plaisir, Agatha. Que ta journée soit belle.

Même lorsqu'il se montrait aimable, Bleiz pouvait être glaçant. C'était dans sa nature. Ses sourires n'étaient pas séduisants, mais inquiétants ; ses paroles polies recelaient toujours un accent menaçant qu'il ne parvenait pas à gommer entièrement.

Ils regardèrent tous deux Agatha qui s'éloignait le plus vite possible en direction de la première porte du couloir, celle qui menait à la bibliothèque. Lorsqu'ils furent seuls, Clara poussa un soupir de soulagement.

— Grande Mère ! Je déteste avoir à lui mentir.

— Il le fallait.

— Ne pourrais-tu pas mettre plus de personnes dans la confidence ?

— Impossible. Agapanthe est au courant : elle a pour mission d'avertir les *draoidhean* pour moi. Ils ne me font pas confiance.

— Depuis que tu as protégé les sorciers d'Écosse…

Les pupilles noires de Bleiz jetèrent des éclairs.

— Je suis moi-même un sorcier, Clara ! Tu sais que je n'avais pas le choix. On doit défendre sa famille, quoi qu'il arrive. Je regrette bien assez de ne pas avoir pu sauver davantage de sorcières de la pendaison ou du bûcher… Mais elles cristallisaient trop de rancœur chez les humains. Il était impossible de détourner d'elles leur attention, aussi bien que je l'ai fait avec les sorciers.

— Oui, je le sais. Tu as fait de ton mieux, cependant, et il est normal que ta loyauté soit allée vers les sorciers, Code ou non.

— Tu penses de la sorte parce que tu fais partie de notre grande confrérie : les *draoidhean*, eux, se sont sentis trahis. Par conséquent, c'est Agapanthe qui les a avertis du danger qui rôde, et non moi. Si je m'en étais chargé, ils auraient aussitôt été sur leurs gardes.

— Veux-tu dire qu'ils se seraient montrés plus méfiants encore que face à notre confrérie ?

— Certainement. Ils n'ont pas besoin de savoir que je suis toujours là. Quant à mes projets… Tu es la deuxième personne au courant, avec Agapanthe, et c'est bien assez !

— Bleiz…

— Oui ?

— Quand tu l'auras trouvé, que vas-tu faire au descendant de Fraoichan ?

Il tourna brusquement la tête vers Clara, si vite qu'elle sursauta. Il pouvait sentir sa peur, elle le savait. Mais aussi la dissimulation.

— Pourquoi poser cette question ?

— Par… curiosité.

Elle n'avait pu s'empêcher de songer à James en prononçant ce mot, et elle se déroba aussitôt pour cacher à Bleiz son soudain trouble. L'amulette la préservait d'éventuelles entreprises de séduction de James, pas de sa propre inclination fort malvenue pour le *draoidh.*

Peine perdue. Bleiz était perspicace : le fruit de sa nature et de sa longue existence.

— Ma petite Clara… Qu'as-tu fait ? Tu n'es tout de même pas tombée sous le charme d'un *draoidh*, n'est-ce pas ?

— Bien sûr que non !

Bleiz se frotta le nez d'un air absent.

— Je l'ai observé, quand il a quitté la bibliothèque après l'inauguration. Il est vrai que ce druide possède un physique qui doit être attractif, pour une jeune fille… Je suppose que oui. Je n'avais pas songé à cet aspect des choses… Voilà une difficulté imprévue.

Il fixa Clara si intensément qu'elle détourna la tête, envahie de désagréables picotements.

— Oui, totalement imprévue.

Les fourmillements augmentèrent. Clara sentit sa gorge s'assécher et son rythme cardiaque s'accélérer. Elle connaissait bien cette sensation. Celle de la proie sous le regard du prédateur. Celle de la peur, de l'instinct de survie qui paralysait les membres pour endormir la vigilance du fauve.

Malgré tout ce que représentait Bleiz pour elle, malgré l'affection qu'elle lui portait et sa confiance en lui, il éveillait toujours cette appréhension en elle. Ils n'y pouvaient rien ni l'un ni l'autre.

Des bruits de voix se rapprochèrent, et ils s'éclipsèrent derrière une tenture dissimulant un escalier étroit, qui montait vers les chambres des pensionnaires de Chez Bridget. Bleiz agita les doigts, créant un sort antibruit qui les isolerait durant quelques minutes.

— Comment cela s'est-il passé, hier ? reprit-il ensuite. As-tu éveillé son intérêt ?

— Je l'ignore, lâcha Clara, qui sentit la colère enfler en elle à l'évocation de ce que Bleiz lui avait demandé. Et je déteste cela ! Je ne suis pas une séductrice, tu me connais : tu aurais dû prendre quelqu'un d'autre pour mener cette mission à bien.

— Tu sais bien que c'est impossible ; et, en tant que sorcière, tu possèdes un grand pouvoir de séduction. Il est temps d'apprendre à t'en servir. Ainsi, nous faisons d'une pierre deux coups ! Alors, quels sont les résultats de ta première approche du druide ?

— Je lui ai donné rendez-vous dans l'Entre-Monde, comme tu me l'avais suggéré.

— Parfait ! Je ne viendrai pas avec toi : je ne veux pas courir le risque de me faire repérer. Surtout à présent que les sorcières ont enfin été autorisées à se rendre dans l'Entre-Monde en toute liberté. Mais, Clara, je tiens à préciser une chose : je t'ai proposé d'exercer tes talents de séduction sur ce *draoidh* pour servir nos plans, cela ne signifie pas que tu dois te laisser séduire, *toi* !

— C'est évident !

— Je crois que ça ne l'est pas. Écoute-moi bien, Clara : c'est toi qui vas mener la danse. Toi qui vas utiliser le druide pour découvrir s'il est celui que je cherche. Nous sommes bien d'accord ?

Elle acquiesça. Un goût amer avait envahi sa bouche.

Pourquoi lui imposer de jouer les espionnes, à elle ? Bleiz devait avoir en tête d'éprouver ses pouvoirs, par la même occasion. La pensée que, si elle réussissait, son ami la considérerait peut-être assez pour lui confier les détails de ses projets l'aiguillonna terriblement.

— Il y a cependant un problème : j'ai demandé au *draoidh* de me rejoindre sous prétexte de lui faire des révélations.

— Voilà qui me semble judicieux. C'est bien joué, ma chère enfant.

— Mais, Bleiz… Que vais-je lui dire ?

— Tu trouveras, ne te fais pas de souci. L'esprit devient très inventif en situation d'urgence.

— Et s'il me pose des questions, s'il…

— Clara, garde ton calme. Tout se passera très bien. Tu vas rencontrer ce druide, le faire parler, voir ce qu'il sait. Ensuite, il faudra que tu m'apportes un peu de son sang.

— Quoi ?

— J'en ai besoin pour le tester.

— Mais comment ? Je veux dire… Tout le monde sait bien que l'Entre-Monde est réel, mais pas dans notre plan d'existence : le corps de James ne sera pas là. Son sang non plus. Même si je le pique avec une aiguille, ou…

— Et ton sort de cristallisation, jeune fille ? Aurais-tu oublié tes leçons ?

— Oh… Bien sûr.

Grâce à une formule rituelle et à un onguent, il était possible de solidifier temporairement une matière à l'état liquide ou gazeux. Sans doute cela fonctionnait-il aussi dans l'Entre-Monde, puisque Bleiz l'affirmait.

Il lui tendit une petite fiole en verre irisé, juste assez grande pour tenir dans le creux de sa paume. Voyant son trouble, il sourit à nouveau et lui caressa la joue, du même geste tendre que lorsqu'elle n'était encore qu'une fillette craintive.

— Allons, ma chère enfant ! Je sais que tu y arriveras. J'ai foi en tes pouvoirs : c'est bien pour cela que je veille sur toi depuis tes plus jeunes années. Aie confiance ! En toi, et en moi.

Clara secoua la tête.

— Je ne veux pas faire de mal à ce druide.

— Il s'agit juste de prélever un peu de son sang. Rien d'autre. Et, si jamais il se doute de quelque chose, ou devient moins coopératif…

Bleiz lui tendit un second tube de verre, rempli cette fois d'une potion verdâtre.

— Quelques gouttes suffisent à plonger dans un profond sommeil. Tu peux le lui faire ingérer directement, ou bien le diluer dans une quelconque boisson pour qu'il passe inaperçu.

— Je ne pourrai pas l'utiliser dans l'Entre-Monde ! Il n'y a là-bas ni solide ni liquide : ce n'est qu'un carrefour énergétique où nous projetons notre esprit.

— Certes, mais garde la fiole. Peut-être te sera-t-elle utile à un autre moment ? En tous cas, cela me tranquillisera de te savoir en possession de cette potion. On ne sait jamais.

Clara referma les doigts autour du petit tube. Elle le fit disparaître, ainsi que la fiole vide, dans l'une de ses poches. Elle était une sorcière, adulte, responsable, et porteuse d'un pouvoir redouté. Elle devait montrer à Bleiz qu'elle avait grandi, qu'elle pouvait à présent trouver le courage d'obtenir ce qu'elle désirait, elle aussi.

C'était l'occasion rêvée : elle ne la laisserait pas s'échapper.

Elle se racla la gorge, affermit sa voix.

— J'accepte de le faire, Bleiz, mais à une condition.

Elle releva la tête, affronta délibérément le regard turquoise de son ami.

— Après cela, je veux que tu me dises pourquoi tu recherches le sang de Fraoichan.

— Clara…

— Je l'aurai bien mérité, après tout ! Tu me fais prendre des risques sans rien me dire, ou presque. Alors, si je te fournis le sang de ce *draoidh*, je veux que tu me racontes tout de tes plans. Tout, Bleiz.

Il soupira longuement, pinça ses lèvres fines, puis considéra Clara avec une étincelle de fierté dans les yeux.

— Tu as grandi si vite... Tu es devenue une jeune femme forte et intelligente. Et tu as raison : tu as le droit de savoir.

Incrédule, Clara retint un sourire victorieux. Le sort antibruit s'évapora, et Bleiz posa un doigt sur sa bouche.

— Assez pour aujourd'hui, cependant. Rapporte-moi le sang du *draoidh* et je te dirai tout.

5

Une semaine entière s'écoula avant que la lune soit pleine.

C'était la mi-avril. Les *draoidhean*, à la suite de cette nouvelle trêve conclue avec les sorcières, s'étaient scindés en deux groupes : les soutiens de Sir Duncan, qui approuvaient la paix provisoire, et les réfractaires qui refusaient absolument de briser le Code.

Pour ces derniers, la simple conception de pourparlers avec leurs ennemies de toujours constituait déjà une atteinte grave à leur règlement. Sans parler de la décision du Grand *Draoidh* de leur laisser libre accès à l'Entre-Monde...

James n'avait pas ménagé sa peine, durant ces quelques jours.

Tout d'abord, il y avait eu la fameuse annonce de Sir Duncan : à l'issue des négociations avec les sorcières, il lui avait proposé de le former afin qu'il prenne un jour sa suite en tant que Grand *Draoidh*, et en tant que représentant de La Roue à Édimbourg.

La perspective d'entrer au sein de cette organisation druidique vieille de plusieurs millénaires avait réellement effrayé James. C'était un honneur, certes. Un immense honneur.

Une réticence incontrôlable l'avait cependant empêché de répondre automatiquement par l'affirmative. À l'exception de Sir Duncan, qui s'était montré juste et bon envers lui, James avait toujours estimé que les membres de La Roue étaient des gens dangereux. Des hommes et des femmes qui considéraient l'équilibre des mondes au-dessus de toute autre préoccupation – y compris les vies humaines.

Ces gens lui faisaient froid dans le dos, voilà tout. Alors, envisager de devenir l'un des leurs…

Non.

Il ne pouvait accepter aussi vite. Il devait y réfléchir sérieusement.

Et puis, il y avait eu d'autres besognes qui avaient tenu James fort occupé.

Sir Duncan l'avait chargé de messages à transmettre dans toute la ville, à diverses personnalités de l'ordre druidique, et il avait à peine eu le temps de se consacrer à sa fonction principale : veiller sur les spectres des *closes*[9] et des Voûtes[10]. C'était là une très grande responsabilité car, outre quelques esprits inoffensifs, ces passages souterrains abritaient les poltergeists qui comptaient parmi les plus actifs de la ville. La plupart anonymes, mais le pire de tous étant le terrifiant Mister Boots qui sévissait dans le réseau souterrain de South Bridge. Fort heureusement, Voûtes et *closes* demeuraient fermées au public. Une partie des souterrains était privée, faisant partie intégrante d'habitations postérieures. Tout le réseau était cependant muré : James en savait quelque chose puisqu'il avait lui-même inspecté l'état des murailles en prenant son poste, trois ans plus tôt.

En tant que responsable des *closes* et des Voûtes, il s'y aventurait régulièrement et sondait le réseau afin de vérifier que les spectres se tenaient tranquilles. Relativement tranquilles… Il y avait toujours quelques apparitions qui faisaient parler d'elles. C'était inévitable. La puissance de ces spectres était très importante.

Pour la plupart, il s'agissait de phénomènes résiduels et non d'une hantise consciente : les fantômes rejouaient pour l'éternité certaines scènes de leur vie éteinte. Cela lui évoquait cette merveilleuse invention du siècle passé, qui gagnait peu à peu toutes les villes, le

---

[9] Les *closes* sont des rues qui furent murées en 1645 suite à un épisode de peste, apportée par les rats du port de Leith. Il y eut énormément de victimes, dont beaucoup furent emmurées vivantes afin d'enrayer l'épidémie. Au XVIIIème siècle, des bâtiments furent construits au-dessus des *closes*, abandonnées en l'état ; on faisait déjà état d'apparitions fantomatiques à l'époque. C'est aujourd'hui une destination phare des *ghosts tours* et une attraction touristique très prisée.

[10] Les Voûtes d'Édimbourg. Il s'agit d'un réseau de galeries souterraines situées sous South Brigde, pont construit en 1788 et dont les arches abritèrent très vite toute une population de miséreux. Des galeries furent percées pour constituer tout un réseau souterrain. Ce labyrinthe, prétendu hanté par de nombreuses entités, constitue aujourd'hui une attraction touristique majeure de la ville.

cinématographe… Les esprits des défunts jouaient le même film, éternellement. Il n'était alors pas possible d'avoir une prise sur eux, mais heureusement ces spectres-là ne s'intéressaient pas aux humains. Il suffisait de les laisser errer en paix dans leur petit monde.

Pour Mister Boots, c'était une tout autre histoire : il hantait la White Room, une pièce souterraine dans laquelle James refusait de pénétrer tant l'énergie négative du poltergeist le heurtait. Il se contentait de formuler quelques phrases rituelles et de placer quelques cristaux à des endroits stratégiques, pour enfermer Mister Boots dans la White Room et veiller à ce qu'il n'en sorte pas. Les *draoidhean* appelaient cela un sort de confinement. C'était la meilleure solution, face à un spectre trop dangereux pour être affronté directement.

Ces derniers jours, James n'avait pas eu le loisir de descendre dans les *closes* puisqu'il avait servi de messager au Lord Provost. Il avait fallu rassembler les druides autour de leur chef, et parfois ce ne fut pas une mince affaire de convaincre, persuader, raffermir les volontés. Nombreux étaient les druides qui refusaient tout net de conclure une alliance avec les sorcières, qu'ils considéraient comme leurs ennemies jurées…

Il fallait reconnaître que cette idée de trêve avait tout pour provoquer une résistance chez les *draoidhean* les plus radicaux. Le Code était sacré. Intouchable. Depuis qu'il apprenait à développer ses capacités druidiques auprès de Sir Duncan, James avait entendu dire que la lutte avait autrefois été dure entre druides et sorcières : le Code était là pour ne plus permettre à leurs deux peuples de s'entre-tuer.

Sir Duncan souhaitait éviter que cette absence de cohésion chez les *draoidhean* s'ébruite, car cela atteindrait un jour les oreilles de la Gardienne des sorcières… Par conséquent, il refusait d'utiliser la télépathie ni aucun autre moyen magique pour communiquer. Un sursaut d'énergie sur la ville aurait pu informer Agapanthe que les druides étaient désorganisés ou en difficulté. Exposer une faiblesse n'était pas envisageable.

Alors, James portait les messages.

Pourtant, à présent, il ne pensait plus guère ni aux problèmes de scission parmi les *draoidhean* ni à la surveillance des *closes*. La journée se terminait. Il revenait à pied du domicile d'un élu de la municipalité, dans New Town, et prévoyait de rentrer directement chez lui pour préparer son voyage.

Enfonçant les mains dans ses poches, il accéléra le pas. Il lui restait une bonne distance à parcourir avant d'arriver chez lui. La nuit tomberait sous peu. Il devait se hâter pour ne pas être en retard. Peu importait ces vieilles querelles, puisqu'à présent il y avait une trêve. Il s'était bien gardé de parler au Lord Provost de son rendez-vous, ceci dit : c'était son secret.

Ce soir, la lune serait totalement pleine.

Il allait rejoindre une sorcière dans les brumes de l'Entre-Monde.

Un moment plus tard, James parvint chez lui, dans son minuscule appartement du quartier de Holyrood, sous les toits d'un immeuble sans âge aux pierres aussi grises que son passé. Un spectre hantait les lieux. Il se manifestait régulièrement ; James, intrigué, avait enquêté, mais n'avait pas encore réussi à élucider sa mort ou la raison de sa hantise.

Ce soir, même s'il se montrait, James le laisserait en paix. Il ne songeait qu'à son rendez-vous avec Clara. Il se sentait un peu idiot, d'être aussi nerveux. Ce n'était pas un rendez-vous galant ! Enfin… En théorie. En vérité, il n'en était pas certain.

En entrant, James verrouilla la porte et ouvrit le rideau. Son unique fenêtre donnait sur l'arrière de Canongate Kirk et sur le cimetière du même nom. Curieusement, cette vue avait tendance à le déprimer alors que le contact avec des spectres ne lui faisait habituellement ni chaud ni froid. Peut-être ce malaise était-il lié au fait qu'il ne voyait jamais aucun esprit errer dans le cimetière, mais qu'il les entendait bien souvent. Des cris étouffés. Des sanglots.

James remplit d'eau une petite casserole et la posa sur le réchaud, près de l'évier en faïence. Il laissa ses pensées vagabonder pendant qu'il accomplissait des gestes qui, avec l'habitude, faisaient maintenant partie de ses routines quotidiennes. Sortir la boîte de mélange séché, le placer dans la boule à thé, verser l'eau chaude…

Touiller. Humer l'odeur de foin de la première exhalaison.

Il n'aurait su dire ce qui l'avait poussé à établir une communication télépathique avec Clara, puis à accepter de la rencontrer. Il ne réfléchissait pas vraiment, à son sujet. Sa vue l'avait désorienté, avant même de savoir qu'elle était une enrouleuse de temps. Il l'avait trouvée belle, et… Singulière. Sa curiosité naturelle l'avait emporté, bien entendu.

Il ôta la boule à thé, l'égoutta sur l'évier sans cesser de visualiser sa première rencontre avec Clara.

Oui, *désorienté*, c'était le mot.

Il se sentait perdu. Délicieusement perdu, même si cela pouvait paraître étrange. Il ne s'était pas attendu à la vision de cette sorcière si jeune, respirant l'innocence, et déjà si puissante. Elle semblait si différente de ses compagnes ! Pas de charme tapageur, chez elle, pas d'effort manipulateur… Elle était juste elle-même. Naturelle, pure. Déconcertante.

Et si attirante !

Tout le problème était là. Elle l'attirait. Aussi sûrement que la flamme le papillon de nuit. Le mystère que James devinait autour d'elle le captivait autant que son charme. Il devait se rendre à l'évidence, par simple honnêteté intellectuelle, tout en sachant pertinemment que cela ne l'empêcherait pas de respecter le rendez-vous fixé.

Après tout, qu'est-ce que je risque ?

Les *draoidhean*, comme tous les non-terrestres, n'étaient pas soumis aux suspensions temporelles, et James se sentait suffisamment apte à se défendre, le cas échéant. De toute façon, l'Entre-Monde était une zone neutre. Rien ne pourrait lui arriver là-bas. Sans doute était-ce la raison même du choix de ce lieu de rencontre…

James goûta sa préparation du bout des lèvres et, la jugeant à point, s'installa confortablement sur son lit pour la siroter lentement.

Un moment plus tard, son esprit s'envolait par la fenêtre pour rejoindre l'Entre-Monde.

6

Clara attendit que toutes les sorcières soient couchées pour procéder au rituel qui lui permettrait de laisser son esprit s'envoler vers l'Entre-Monde. Elle n'y était encore jamais allée, mais elle était bonne élève : elle connaissait par cœur toutes les étapes du rite.

Malgré cela, l'angoisse la rongeait à l'idée de la mission que lui avait confiée Bleiz. Peur d'échouer, peur de se confronter à James. Peur de perdre ses moyens face à lui.

Je dois le faire, ne cessait-elle de se répéter.

Le voyage vers l'Entre-Monde fut aisé, et Clara fut soulagée de constater la ponctualité du *draoidh*. Elle eut tout juste le temps de marcher un peu sur les sentiers d'Arthur's Seat[11], admirant les nuances improbables du ciel mauve et or où flamboyaient les étoiles, libérées du filtre de l'atmosphère, dans des miroitements de couleurs fauves ; une brise soudaine l'avertit de l'arrivée d'un autre être non-terrestre.

Elle s'arrêta net, détacha à regret son regard des astres étincelants.

Une voix l'apostropha. C'était la première fois qu'elle l'entendait, pourtant elle la reconnut immédiatement – et pas seulement parce qu'elle attendait James. Elle la *reconnut*, véritablement.

— Bonsoir, Clara.

Une agréable sensation de vertige la traversa, une brève seconde. Elle effaça le sourire impromptu qui était apparu sur son visage avant de se retourner.

— Bonsoir, James. Merci d'être venu.

Il ne répondit pas, n'esquissa pas un geste. Seuls ses yeux émirent une douce chaleur, comme un sourire déguisé. Un sourire plein d'assurance.

Clara se sentit mollir.

Cet homme possédait le don de la faire flancher…

---

11 Colline située près du centre-ville d'Édimbourg.

Non seulement il l'emplissait de confusion, avec sa puissante aura doublée d'un charme auquel il lui était difficile de rester insensible, mais de plus il avait apparemment retrouvé toute sa confiance en lui.

Il marcha vers elle d'un pas déterminé.

La crainte s'invita dans l'esprit de Clara. Il était plus grand et plus fort qu'elle, et ils possédaient tous deux des pouvoirs. James se pensait nettement en sécurité, car il ne prenait nulle précaution et semblait totalement à son aise. Clara avait intérêt à se montrer prudente, pour avoir le dessus sur lui.

Elle songea à Bleiz pour retrouver sa détermination. Son ami comptait sur elle ! Elle portait un stylet dissimulé dans sa manche. Dans sa poche se trouvaient un petit pot d'onguent de cristallisation et la fiole vide avec laquelle elle devrait se débrouiller pour prélever un peu de sang à James. Il lui faudrait appliquer une noisette de baume sur la peau de James, réciter la formule, puis l'entailler à l'aide du stylet et recueillir quelques gouttes de son fluide vital.

Bien sûr, ses capacités particulières d'enrouleuses de temps l'aideraient. Si elle ne pouvait pas figer un *draoidh,* en revanche, elle était capable de ralentir le temps de sorte à l'engourdir, le freiner dans ses mouvements. Cela lui donnerait l'opportunité d'agir.

Je peux le faire. Ce ne sera rien qu'un peu de sang...

Mais en attendant, elle devait gagner la confiance du *draoidh* sans pour autant se laisser emprisonner dans ses filets, ce qui s'avèrerait peut-être plus difficile qu'escompté.

Reprenant ses esprits, elle se remit en marche en l'invitant d'un geste à la suivre.

— Venez. Faisons quelques pas, voulez-vous ?

— Nous avons peu de temps, rappela-t-il. Un séjour prolongé dans l'Entre-Monde...

—... peut endommager le corps et l'esprit, oui, c'est un fait. Cependant, j'aime tellement cet endroit ! La magie habite le moindre grain de poussière de cette dimension. C'est stupéfiant.

James hocha la tête en silence.

— C'est votre premier voyage dans l'Entre-Monde ?

— En effet.

— Je comprends. En plus de présenter l'avantage de la discrétion, nous rencontrer ici vous permet aussi de visiter l'endroit.

— J'aurais très bien pu m'y rendre sans vous ! protesta Clara. Nous en avons désormais le droit, nous autres, sorcières.

— Vous avez raison.

Il marchait à son côté, si proche que s'ils s'étaient trouvés dans la réalité, leurs épaules se seraient frôlées. Dans l'Entre-Monde, en revanche, c'était impossible.

Clara nota que le *draoidh* était vêtu simplement, d'une chemise et d'un pantalon de toile. Les couleurs en étaient altérées par l'Entre-Monde, mais elle devina qu'ils étaient sombres. Noirs, probablement.

— Alors ? fit James au bout d'un moment. Quelles sont ces révélations que vous vouliez me faire ?

— Eh bien… C'est délicat.

Elle se déroba à son regard, le cœur battant. Le moment était arrivé. Pourvu que son petit discours, élaboré mille fois dans sa tête, parvienne à convaincre le *draoidh* !

— Venez par ici.

Quittant le sentier, ils firent quelques pas dans l'herbe bleutée de l'Entre-Monde. Ils s'éloignaient progressivement de la vue de la ville, pour se tourner vers la mer dont les flots pourpres oscillaient dans d'étranges remous désordonnés qui n'avaient plus rien à voir avec des vagues.

— L'alliance entre druides et sorcières est une bonne chose, lâcha Clara en s'immobilisant, car le danger est réel. Et très proche.

James serra les mâchoires. Soudain méfiant, il lui jeta un regard oblique.

— Que savez-vous au juste sur ce danger ?

— Suffisamment. Plus que la plupart des sorcières, d'ailleurs : peut-être même plus qu'Agapanthe elle-même.

Cette fois, l'attention de James était captée.

— Pourquoi me révéler cela à moi, et pas au Grand *Draoidh* en personne ? Ou bien à votre Gardienne ? Je ne comprends pas.

Il croisa les bras sur son large torse dans une posture professorale. Il pouvait se montrer si sérieux ! Alors qu'à d'autres moments, il semblait tout prêt à braver le Code pour satisfaire une curiosité bien puérile.

Clara prit une expression ennuyée, vaguement craintive, qui n'était finalement pas totalement feinte… Elle était terriblement nerveuse.

— C'est délicat, ainsi que je vous l'ai dit.

— Nous n'avons pas le temps pour de telles tergiversations !

— Très bien, alors considérez que je vous le dis à vous parce que vous êtes venu vers moi, et que vous m'avez inspiré confiance ! Cela vous satisfait-il ?

Il afficha une moue dubitative.

— Admettons… Mais dans quel but ?

— Transmettre ce que je vais vous dire à votre supérieur, bien entendu.

Il fronça encore plus les sourcils, si c'était possible, et se rembrunit. Clara comprit qu'il ne lui faisait pas confiance. Il allait être difficile de le pousser à baisser sa garde pour qu'elle puisse agir.

Ralentir le temps. Le baume, la formule, le stylet. Le flacon.

Allons, je peux le faire !

— Vous savez, lâcha Clara en lui jetant ainsi une demi-vérité, j'ai un informateur très proche qui me confie ses secrets. Agapanthe elle-même ignore certains de ces renseignements et je ne peux tout lui dire… Votre Grand *Draoidh*, en revanche, vous écoutera certainement.

— Quel informateur ?

— Je ne peux vous dévoiler son nom.

— Poursuivez, l'encouragea James.

Pour l'heure, le *draoidh* affichait une imposante gravité. Il lui accordait toute son attention : il allait donc falloir le désarçonner un peu pour qu'il relâche sa garde et que Clara puisse prélever un peu de sang sur sa main ou son poignet.

Ralentir le temps. Le baume, la formule, le stylet. Le flacon.

Elle serait rapide. Il s'y attendrait d'autant moins qu'ici, le corps physique n'avait pas d'existence propre : seule sa magie permettrait à Clara d'atteindre son véritable corps, de faire couler son sang pendant un infime instant. Pendant qu'il s'interrogerait, elle aurait déjà quitté l'Entre-Monde.

Elle cilla, mal à l'aise.

— Alors, voilà. C'est au sujet de l'un d'entre vous, plus précisément le *draoidh* maudit du XIIème siècle. Celui dont on ne prononce pas le nom.

— Eh bien ?

— Vous savez qu'il existe une prédiction affirmant qu'il réapparaîtrait un jour à la surface de la Terre, n'est-ce pas ? Nous avons établi que c'est pour bientôt : c'est pour cela qu'Agapanthe a requis cette trêve, et c'est pour cela que votre Grand *Draoidh* a accepté.

— Vous ne m'apprenez rien. C'est très… gentil à vous d'avoir voulu me prévenir. Enfin, je crois. Mais vous savez, Clara, c'était parfaitement inutile.

— Il y a un moyen de l'arrêter !

— Je vous demande pardon ?

— Il existe un moyen… Je ne devrais pas vous en parler.

Il fronçait toujours ses épais sourcils, impassible. Clara éprouvait de plus en plus de mal à calmer sa respiration chaotique. Il n'était guère aisé de lui mentir ainsi, en le regardant dans les yeux ! Elle avait sans cesse l'impression d'être démasquée. James n'avait pas bougé, mais sa haute taille et sa stature lui donnaient la sensation d'étouffer.

— Si c'était vrai, les *draoidhean* seraient au courant.

— Je vous assure que c'est la vérité !

— Prouvez-le : dites-moi ce qui peut l'arrêter, exactement ?

— Oh, je… Je ne connais pas les détails.

C'était la stricte vérité. Bleiz avait juste laissé entendre cela, une fois, et avait ensuite refusé de répondre à la moindre question.

James fit un pas vers elle, ce qui l'obligea à lever la tête vers lui. Son visage carré, dur et masculin, demeurait impassible. Il y avait pourtant un éclat de douceur dans ses yeux, dans la courbe de ses lèvres…

Alors, elle comprit. Lui aussi ressentait de l'attirance.

Elle se sentit rougir violemment, mais n'eut pas le temps de reprendre ses esprits.

— Pourquoi m'avoir fait venir, Clara ?

Il parla très bas. Son souffle caressa le front de Clara, qui ne parvenait pas à détacher son regard du sien. Encore moins à formuler une parole cohérente. Alors, plutôt que de bredouiller comme une idiote, elle préféra ne pas répondre et se tourna à moitié.

Elle ouvrit le pot dans sa poche et recueillit un peu d'onguent du bout de l'index.

— Voyez, comme la mer est belle dans l'Entre-Monde. On ressent presque sa respiration.

Elle espéra de toutes ses forces que James se laisserait distraire… Elle n'avait besoin que d'une seconde pour agir. À condition toutefois de ne pas flancher.

Grande Mère, donne-moi ta force ! Il me faut son sang. Juste une goutte.

Ralentir le temps. Le baume, la formule, le stylet. Le flacon.

Du coin de l'œil, elle remarqua que James se passait une main sur la nuque en un geste embarrassé. Il relâchait enfin son attention.

Parfait. Le moment est parfait !

Bleiz sera satisfait.

— J'avais envie de vous revoir, je l'admets.

Après tout, le draoidh *ne saurait jamais que c'était la vérité. Il prendrait cela pour un mensonge de plus, lorsqu'il y repenserait, plus tard.*

Ses épaules se contractèrent.

— Je le sais, Clara. Je mentirais si je prétendais ne pas avoir eu envie de vous revoir, moi aussi.

Clara s'approcha dans le dos de James, à présent perdu dans la contemplation de l'estuaire du Forth. D'une torsion du poignet, elle commença à ralentir la course du temps.

James parut ressentir quelque chose. Il fronça les sourcils, regarda autour de lui. Puis, abandonna sa méfiance.

— C'est étrange, j'ai cru un moment… Non, ce n'était rien. L'Entre-Monde est plein de mystères !

— Oui, c'est vrai. On me l'avait enseigné, mais venir ici me fait prendre conscience de cette réalité.

— Vous devez être une sorcière très puissante, puisque vous pouvez tordre le temps à votre guise.

Le changement de sujet la déstabilisa. Elle s'en voulut, pesta intérieurement. C'était à elle de prendre le dessus, de mener la conversation ! À elle, de le surprendre.

Elle eut un rapide sourire.

— Pas à ma guise, non. Je peux simplement l'arrêter pour les terrestres, sur une durée assez courte.

— Mais il y a peu de sorcières qui possèdent cette aptitude. Est-ce que je me trompe ?

— C'est un fait. Seulement, je n'ai pas un pouvoir très étendu. Ce serait peut-être le cas si j'accédais à une importante source d'énergie. Contrairement aux *draoidhean*, nous ne puisons pas dans les forces de la nature : nous avons besoin de flux magique pour pratiquer nos sortilèges.

Il ne s'était pas retourné. C'était le moment, il fallait agir !

Clara s'obligea à ne pas réfléchir. L'onguent, un petit coup de stylet, une goutte de sang dans la fiole, et elle ne reverrait jamais James.

Jamais ?

Elle hésita.

Allons, j'y suis presque.

Elle sortit le stylet de sa manche, leva son doigt couvert de baume magique et l'approcha du poignet de James…

Il poussa un soupir, et elle se perdit dans la contemplation de ses larges épaules qui s'affaissaient doucement. Était-ce son autorité naturelle, qu'elle avait déjà remarquée et qui l'impressionnait malgré elle ? Clara se sentait gagnée par un sentiment de sérénité. De sécurité. Brusquement, l'importance de sa mission ne lui apparaissait plus aussi nettement et, surtout, elle répugnait à trahir la confiance de James. Un *draoidh*, qui aurait dû la haïr ou la craindre, voire les deux, et qui n'en faisait rien. Il apprenait simplement à la connaître, avec un intérêt manifeste, et sans la juger.

Les mains de Clara retombèrent.

— Alors, c'était juste un prétexte ? murmura le druide.

— Non... Il existe réellement un moyen d'empêcher le retour à la vie du *draoidh* maudit. J'ignore de quoi il s'agit, mais je suis sûre de ce que j'avance.

James se retourna dans une inertie peu naturelle, à cause du ralentissement temporel. Elle fit vivement disparaître le stylet dans sa manche et frotta son doigt couvert d'onguent dans les plis de sa robe. Son cœur battait si fort qu'elle craignit qu'il ne l'entende aussi.

Il se pencha sur elle.

— Alors, je vous en prie : découvrez quel est ce moyen.

— Je ne peux pas.

— Allons ! Bien sûr que si. Si vous savez qu'il existe un moyen, alors vous pouvez trouver de quoi il s'agit. J'en suis persuadé.

— Impossible !

Effrayée, Clara recula d'un pas. Qu'avait-elle fait ? Déjà, les derniers effets du ralentissement temporel disparaissaient d'eux-mêmes. C'était terminé. À cause de son hésitation, elle avait laissé passer sa chance de recueillir le sang du druide, et voilà qu'il essayait… de la manipuler ? De la pousser à se retourner contre un homme qui représentait sa famille ?

Pourquoi lui avait-elle parlé d'un mystérieux informateur, aussi ? Il était évident qu'à présent, le *draoidh* allait chercher à en apprendre plus.

Elle secoua vigoureusement la tête.

— Non, non, ne me demandez pas de trahir mes sœurs !

— Ce n'est pas une trahison, s'il s'agit de sauver le monde que nous connaissons.

Clara commençait à manquer d'air. Que devait-elle faire ? Incapable de mener sa mission à bien, elle venait de révéler un secret à un *draoidh* qui exigeait maintenant une plus grande forfaiture.

Tout est fichu ! Tout… Bleiz sera furieux.

James se méprit sur l'origine de son malaise.

— Nous sommes ici depuis trop longtemps. Clara, vous sentez-vous bien ?

— Oui… Je vais bien.

— Quittons cet endroit. Après vous, Clara.

Galamment, il lui fit signe de le précéder.

— Revoyons-nous ailleurs, une autre fois, voulez-vous ? Lorsque vous pourrez m'en dire plus.

— Non, James ! Ce que vous me demandez est impossible.

— Vous n'aurez qu'à penser à moi très fort : je capterai votre appel. J'établirai alors une communication télépathique.

— N'insistez pas !

— Comme vous voudrez… Sachez que j'attendrai tout de même votre signal.

Sans répondre, Clara écarta les bras, ferma les yeux, et se sentit tomber alors qu'elle réintégrait la dimension humaine.

7

Trois jours seulement après leur rencontre secrète dans l'Entre-Monde, James recevait le signal. Une corde vibra au plus profond de son être, le doux visage de Clara s'imposa dans son esprit…

Elle pensait à lui. Elle l'appelait.

James se trouvait alors dans le bureau du Lord Provost, en train de réfléchir avec lui à un moyen de convaincre les *draoidhean* réfractaires du bien-fondé de la trêve conclue avec les sorcières.

— M'écoutez-vous, jeune homme ? gronda le Grand *Draoidh* en fronçant les sourcils.

— Oh, euh… Bien sûr, Sir.

— Mmmmh. Admettons. Je disais donc que nous ignorons tout de la date à laquelle cela va se produire, mais nous avons un avantage sur Agapanthe et ses « sœurs » : nous savons où *il* se trouve.

James opina, traversé par un sentiment de culpabilité. Il n'avait pas parlé à Sir Duncan de l'information délivrée par Clara, qui induirait que les sorcières, quant à elles, possédaient un atout certain. Car, si elles connaissaient un moyen d'empêcher le retour du druide maudit, alors tout deviendrait plus simple.

Terminées, les missions de surveillance dans le sud de la ville ! Finies, les terribles angoisses à chaque nouvelle manifestation paranormale.

Car le réveil de ce monstre endormi devait s'accompagner d'un accroissement des phénomènes surnaturels dans la ville d'Édimbourg. Étant donné qu'elle abritait déjà un nombre conséquent de spectres et créatures de l'ombre extrêmement actifs, c'était là une considération fort inquiétante.

Toutefois, comme la prédiction médiévale ne mentionnait aucune possibilité d'empêcher cet événement inéluctable, James avait préféré taire les choses.

Pour l'instant.

Sans doute, aussi, par lâcheté car il n'imaginait pas de bonne façon d'avouer à son mentor avoir enfreint le Code par deux fois !

Sir Duncan l'accuserait aussitôt d'avoir été manipulé par une sorcière, incident courant par le passé et ô combien banal… Ce qui, bien entendu, était faux. Clara n'était pas fourbe au point de feindre à ce point l'innocence et la culpabilité ! Et puis, quel intérêt aurait-elle eu à s'en prendre à lui, l'apprenti du Grand *Draoidh*, certes, mais un druide encore jeune et sans réel pouvoir au sein de La Roue ? Elle lui avait donné des informations sans rien demander en échange : aux yeux de James, cela valait toutes les épreuves de sincérité.

Une nouvelle fois, il songea à Clara. Ou plutôt, son visage s'imposa dans son esprit : elle l'appelait.

James eut toutes les peines du monde à ne rien laisser paraître tandis qu'il s'interrogeait sur la possibilité de fausser compagnie au plus tôt à Sir Duncan.

Celui-ci lui jeta un regard mécontent et le congédia d'un geste.

— Allez, jeune homme ! J'ai à faire, à présent, et vous ne m'êtes d'aucune utilité si vous rêvassez de la sorte.

— Oui, Sir.

— Oh, j'oubliais : voici un message de la plus haute importance.

James tendit la main, mais Sir Duncan retira l'enveloppe hors de sa portée.

— J'ai hésité à vous le confier, mais je ne peux faire autrement. Je n'ai guère le temps de faire cela moi-même. Apportez ce billet à Agapanthe, je vous prie.

James manqua s'étrangler.

— Pardon, Sir ? Agapanthe elle-même ? La Gardienne de la confrérie des sorcières ?

— Ne vous inquiétez pas, vous ne la verrez pas en personne. Quelqu'un lui transmettra ce message et vous apportera sa réponse. Nous sommes amenés à collaborer avec Agapanthe, et si vous prenez ma suite un jour vous devrez avoir des relations : autant commencer dès maintenant. Les sorcières sauront ainsi que vous êtes un *draoidh* d'importance.

James retint un soupir de frustration. Il n'avait encore donné aucune réponse concernant la proposition du Lord Provost ! Devenir le représentant de La Roue ne le tentait pas, malgré toutes les perspectives de carrière que cela représentait.

Il devait y réfléchir. Prendre le temps de bien cerner ses projets d'avenir.

— Sir… Si je puis me permettre. Pourquoi ne pas communiquer avec Agapanthe par le biais de la télépathie, ou bien…

— C'est l'un des termes de la trêve : ne pas user de ses pouvoirs les uns contre les autres. Je ne veux pas donner à Agapanthe un prétexte pour rompre la conciliation, tout cela pour avoir utilisé la télépathie. Avec les sorcières, la méfiance est toujours de mise. N'oubliez jamais cela !

— Jamais, Sir.

James déglutit, terriblement mal à l'aise. Le visage de Clara flotta à nouveau dans son esprit, pour la troisième fois, et il enterra instantanément tous ses scrupules.

Il allait se rendre directement chez les sorcières ! L'univers lui apportait une aide bienvenue. Par conséquent, il voulut y voir l'expression de la pertinence de sa quête. Avec un peu de chance, il avouerait tout à son mentor très bientôt, sa petite félonie se trouvant supplantée – et peut-être même occultée – par l'incroyable nouvelle de la possibilité de prévenir le chaos annoncé depuis près de huit siècles.

— Fort bien, poursuivit Sir Duncan en lui donnant finalement l'enveloppe. Portez cela au restaurant Chez Bridget, sur le port de Leith. Confiez-le à la personne que vous y verrez, attendez la réponse. Et surtout, ne relâchez pas votre vigilance, jeune homme ! Ne leur tournez pas le dos, au sens propre comme au figuré.

— Soyez tranquille, Sir. Je me montrerai prudent.

Le restaurant semblait volontairement banal. Une devanture coquette, fraîchement repeinte dans des tons clairs, et un intérieur plutôt sombre associant banquettes de velours et tabourets de tweed. Derrière le long comptoir de bois tâché par les ans, une femme âgée au chignon strict toisa James dès son entrée.

— Bonjour, fit-il avec un sourire qu'il espérait rassurant. Je viens…

Il faillit dire « je viens en paix » et se reprit de justesse, ne souhaitant pas offenser les sorcières en leur débitant des tirades dignes des pires romans de western. Il ne fallait pas les traiter en inférieures.

— Je viens délivrer un message, dit-il finalement en sortant l'enveloppe de sir Duncan de l'intérieur de sa veste. Pour Agapanthe.

Le cœur battant, James attendit que la vieille femme l'ait scruté durant une bonne minute, en priant Dagda qu'elle le juge suffisamment jeune et inoffensif pour le laisser seul un instant. Il n'aurait pas besoin de beaucoup de temps pour entrer en communication avec Clara et il ne doutait pas une seconde qu'elle soit là : le restaurant était la base d'opérations de la confrérie des sorcières. Elles y dormaient, y mangeaient, y lançaient leurs sorts, et Dagda savait quoi d'autre.

D'un geste sec du menton, la vieille femme lui intima d'approcher.

Du courage ! Si j'en juge par Clara, les sorcières ne sont pas toutes de dangereuses créatures pleines de duplicité.

James pria pour ne pas se tromper. Il fit un pas vers le comptoir, tendit le message que la vieillarde lui arracha presque des mains.

— Patientez ici et ne touchez à rien.

James opina, tâchant de prendre une expression candide pour endormir la méfiance de la sorcière. Il n'était guère facile de paraître inoffensif, avec sa carrure qui attirait les regards, mais sa jeunesse était un atout indéniable.

La vieille femme sembla hésiter, puis finalement quitta la salle principale par le seul autre accès : une porte cachée par un rideau, dans le fond.

C'était le moment.

James attendit une poignée de secondes avant de franchir cette porte, à son tour. Il se retrouva dans une réserve encombrée de meubles bancals et de divers cartons de spiritueux. Des sacs de jute, empilés dans un coin, portaient l'estampille « farine » à l'encre noire. Une autre ouverture donnait sur un couloir, en face de lui, et au-delà…

L'inconnu.

L'antre des sorcières.

James ouvrit tous ses capteurs mentaux, se concentrant sur l'image de Clara. Son visage fin, ses yeux si clairs, son adorable moue timide. La rougeur qui envahissait ses joues si facilement.

Par tous les dieux ! Il se reprit aussitôt, mécontent de se laisser distraire. Il n'avait guère le temps.

Bientôt, il ressentit la présence de Clara. Sa vibration personnelle, qu'il identifiait parfaitement, résonnait quelque part dans le bâtiment. Il pouvait tenter de communiquer.

Clara ! Vous m'entendez ?

— Oui, James.

Je suis dans le restaurant. Je ne peux pas rester longtemps…

— J'arrive.

Comment fit-elle pour être là si vite ? Le cliché du balai était soi-disant erroné : d'après Sir Duncan, ce n'était que le reliquat de croyances stupides datant des XVème et XVIème siècles… Et les sorcières ne volaient pas non plus.

Incrédule, James vit apparaître Clara dans le couloir. Elle l'aperçut, courut vers lui.

— Vous êtes là ! Vite, avant qu'on ne remarque mon absence.

Elle lui prit la main et l'entraîna dans un angle de la pièce. Cette précaution inutile amusa James. Il ne put s'empêcher de la détailler : c'était la première fois qu'ils se rencontraient en chair et en os de suffisamment près pour que Clara lui saisisse la main… Pendant l'inauguration de la bibliothèque, ils étaient restés à distance respectueuse – vingt pieds, pour le moins[12]. Et dans l'Entre-Monde, ils n'avaient pas été proches *physiquement.*

Elle s'aperçut subitement de son geste, et le lâcha aussitôt.

— Je suis navrée. Je vous attendais. J'ai perçu que vous vous rapprochiez.

— En effet. J'ai apporté un message pour Agapanthe, la réponse ne saurait tarder.

— Nous devons faire vite.

Un peu essoufflée, elle regardait de tous côtés dans une attitude évidente d'angoisse. Elle portait l'une de ses robes blanches ; ses longs cheveux noirs étaient maintenus en arrière par une barrette. Une mèche rebelle s'était échappée pendant sa course et caressait sa joue au rythme de sa respiration saccadée.

Jamais elle ne pourrait jouer à ce point la comédie ! Elle a peur, c'est indéniable.

James dut se retenir pour ne pas lui poser une main rassurante sur l'épaule. Clara paraissait encore plus jeune, plus vulnérable…

— Voilà, fit-elle en tordant ses doigts. Je sais ce qu'il vous faut, mais je ne sais pas comment l'utiliser. Vous en ferez ce que bon vous semblera !

— Je vous écoute, Clara. Mais je vous en prie, apaisez-vous : pour l'instant nous sommes seuls, ici, il n'y a rien à craindre.

Elle poussa un bref soupir, visiblement au comble de la nervosité. Lorsqu'il capta son regard, il était trop brillant. Empli de larmes contenues.

Le cœur de James manqua un battement.

Quelque chose les relia, juste à ce moment. Quelque chose de puissant. De dangereux.

Quelque chose d'effrayant, parce que James comprit subitement que l'attirance diffuse qui le précipitait vers Clara était non seulement partagée, mais chargée d'irrévocable.

---

12 Environ six mètres.

Aucun d'eux n'y pouvait rien, et pourtant ils étaient épris. Leurs deux destins noués ensemble, leurs existences entremêlées… Quoi qu'il leur en coûte.

Choqué, James recula d'un pas. Clara aussi l'avait ressenti : mortifiée, elle avait plaqué une main devant sa bouche et s'était détournée. James ne voyait que son profil délicat, auréolé du halo ténébreux de sa chevelure.

— Clara ? chuchota-t-il. Nous n'avons pas de temps devant nous.

— C'est exact.

— Je vous en prie, dites-moi ce que vous savez au sujet du druide maudit ! C'est important. Pour nous, pour vous, pour tous les mondes existants. Dites-moi.

Il la prit par l'épaule, exerçant une douce pression pour l'inciter à se tourner à nouveau vers lui. Elle se mordait la lèvre inférieure, au supplice. James commit l'erreur de baisser les yeux vers cette bouche rose.

— Clara…

Ce n'était pas une question, ni un appel. Plutôt une supplique, laquelle ne concernait aucunement sa précédente demande d'informations.

Pour toute réponse, Clara combla l'espace entre eux et releva la tête. Offerte. Implorante, à son tour. Il lui prit les mains, qu'il trouva moites et tremblantes. Ses aptitudes de *draoidh* lui permirent de percevoir les battements de son cœur, erratiques et effrénés, dans les fines veines de ses doigts. Elle fleurait bon la pluie et la magie…

James perdit la tête.

Il la prit dans ses bras et l'embrassa.

8

Clara avait cessé de respirer.

De penser.

Le baiser de James était à la fois doux et ferme. Ses lèvres, brûlantes. Ses bras, merveilleusement solides. Elle ne pouvait songer à rien d'autre qu'à son contact. Sa bouche sur la sienne, ses mains dans ses cheveux, sur ses reins… Elle se pressait contre lui avec avidité. Il la serra encore plus étroitement, et une brusque chaleur se diffusa dans tout son corps. Clara savoura cette sensation exquise.

L'amulette, au fond de sa poche, semblait bien inefficace ! Mais elle n'en avait cure. Il y avait des forces bien plus anciennes et redoutables que son modeste sort de protection émotionnelle, elle en avait une conscience aiguë.

Quelque chose les poussait l'un vers l'autre.

Quelque chose sapait toute sa volonté, tous ses projets.

Quelque chose qui voulait les voir ensemble, James et elle.

Était-ce le destin ? La Déesse ? Le dieu de l'Univers, grand esprit cosmique et omnipotent ? Ou bien une sombre déité antédiluvienne qui prenait plaisir à jouer avec la providence…

James la serra encore plus fort contre lui. Elle s'abandonna totalement, simplement heureuse de se trouver là, dans ses bras. D'être aimée de lui, comme elle semblait l'aimer malgré toutes les évidences, toutes les mises en garde, tous les obstacles entre eux.

Clara s'aperçut avec stupeur qu'elle avait attendu ce moment depuis leur première entrevue, pendant l'inauguration de la bibliothèque nationale. Tout le reste n'avait été que diversion. En vérité, elle était follement éprise de cet homme. Un *draoidh*.

Et alors ?

Elle remonta ses mains le long de ses bras, jusqu'à ses larges épaules sur lesquelles elle prit appui pour se hisser à la rencontre de sa bouche. James soupira et approfondit leur baiser.

Il fallait une bonne dose de folie pour violer le Code ainsi qu'ils le faisaient tous deux…

Au diable le Code ! Clara cessa de penser pour s'abandonner tout entière. Quoi que dise le Code, elle sentait que sa place était là, dans les bras de ce *draoidh* si atypique, et que tout était bien ainsi. D'une façon ou d'une autre, c'était la volonté de la Déesse.

Sa décision était prise.

Elle allait tout lui révéler. Tout ce qu'elle savait. Ce serait sans doute bénéfique pour tous, que les *draoidhean* soient également au courant ; un druide averti en valait certainement deux. Et puis, ce n'était pas une trahison envers Bleiz, puisqu'elle obéissait à l'Univers lui-même en cédant à l'attraction de James…

Je vais tout lui confier avant de lui dire adieu. Il n'est pas mon ennemi.

Soudain, un bruit de pas l'alerta. Encore loin, à l'étage au-dessus. Un frisson de peur la secoua. Si on les surprenait ainsi, la sanction d'Agapanthe serait terrible !

Clara s'arracha à l'étreinte du druide.

Il la contemplait sans comprendre, empourpré de passion et des questions plein les yeux.

— Je dois partir ! James, écoutez-moi bien. Vous devez trouver l'homme qui porte en lui le sang de Fraoichan. Vous vous souviendrez ?

— Oui… Bien sûr. Clara, attendez !

— Il ne faut pas ! Nous ne devons pas nous revoir. Jamais.

— Jamais ? Non, non, il doit y avoir un moyen…

— Adieu, James.

Et elle s'éclipsa dans le couloir, disparaissant derrière l'une des portes juste au moment où les pas descendaient un escalier invisible.

James se hâta de retourner dans le restaurant.

Une fois muni de la réponse d'Agapanthe, que la femme du comptoir lui avait remise avec une mauvaise volonté évidente et une moue réprobatrice, il fila droit vers son appartement. Il fallait qu'il mette au clair ses pensées avant de voir Sir Duncan, sinon celui-ci n'aurait aucun mal à deviner que son apprenti avait transgressé les règles… Et avec joie, de surcroît.

James sourit dans le vent frais de cette fin d'avril.

Pourquoi ne ressentait-il nul remords ? Nulle culpabilité ? Embrasser Clara lui avait paru si naturel qu'il ne s'était pas posé la plus petite question. Et puis, il n'avait fait que répondre à son invitation ! Ce baiser, elle l'avait désiré autant que lui.

Allons, c'est une sorcière. On se méfie des sorcières, on ne les embrasse pas dans les coins sombres ! Et moi qui ai promis à Sir Duncan d'être vigilant… Quel novice !

Il secoua la tête et remonta son col, décidément perturbé par ce vent glacé qui tourbillonnait autour de lui. Tant pis. Ce qui était fait était fait. Et l'instant avait été si charmant qu'il ne risquait pas de regretter ce moment d'égarement. De toute façon, Clara avait été très claire : elle lui avait fait ses adieux et annoncé qu'ils ne se reverraient pas.

James donna un coup de pied rageur dans un vieux journal, apporté là par une bourrasque. Même si sa raison lui dictait que c'était la seule solution envisageable, son cœur souffrait de cette cruelle décision. La pensée de ne plus voir Clara lui était, pour l'heure, tout bonnement insupportable. Contre nature.

Qu'est-ce que je raconte ? C'est d'embrasser une sorcière, qui est contre nature.

Il marcha vite, perdu dans ses réflexions. Il aurait pu prendre un bus ou monter dans un tramway pour se rapprocher de Canongate Kirk, mais il avait grand besoin de s'éclaircir les idées.

Dès qu'il posa le pied dans l'entrée de l'immeuble, il comprit que quelque chose n'allait pas. Il ressentait une charge électrique très forte, qui crépitait autour de lui.

C'était la fin de l'après-midi, et personne n'était encore rentré. Le bâtiment comptait deux appartements en rez-de-chaussée, un à l'étage, et trois chambres indépendantes sous les combles. Cependant, il y avait un autre locataire. Du genre qui ne payait pas de loyer et ne pouvait se matérialiser pour ouvrir une fenêtre ou pousser un loquet.

— C'est donc vous... souffla James, brusquement redevenu le *draoidh* en charge des spectres des *closes* et des Voûtes.

Un halo blafard glissa sur le mur opposé, descendant lentement l'escalier. Marche après marche. Un éventail de lueur à peine perceptible effleurait le mur, comme une main appuyée sur une rampe inexistante. Le fantôme ne s'arrêta pas dans l'entrée, mais poursuivit sa descente à travers une porte dont le panneau indiquait « caves – propriété privée ».

James haussa les épaules et tourna la poignée.

Fermé, bien sûr. Le cadre de bois était cependant bien fragile. En exerçant une bonne poussée tout en relevant le panneau vers le haut...

Bingo !

James souleva la porte, dégondée, et la déposa soigneusement contre le mur. Il s'engouffra ensuite dans l'escalier obscur, bien décidé à donner la chasse à « son » fantôme. Enquêter sur cet esprit en peine constituait une expérience personnelle intéressante, et cette apparition diurne tombait à pic car elle le détournerait de Clara qui était encore bien trop présente dans ses pensées.

La cave était ténébreuse. Seul un soupirail à la vitre sale diffusait un peu de lumière, sans doute insuffisante pour une personne normale... Mais James, lui, possédait un don naturel assez rare, même chez les draoidhean. Ses prunelles utilisaient le moindre éclat de lumière et le réfractaient, un peu comme celles des chats : cela ne lui permettait pas de voir dans le noir, cependant il pouvait évoluer à son aise dans une pièce obscure sans se cogner aux meubles.

Un don bien pratique pour économiser les chandelles et la lampe à pétrole de Sir Duncan.

Il ne tarda pas à retrouver son fantôme. Immobile au fond de la cave. Les contours du halo évoquaient vaguement une forme humaine courbée par les ans ou les soucis.

— Bonjour, tenta James, tout en se doutant que cela ne servirait à rien. Vous pouvez m'entendre ? Me voir ? Je ne vous veux aucun mal. Monsieur ? Madame ?

L'apparition ne réagit pas. Rien n'indiquait qu'elle ait conscience du monde autour d'elle. Savait-elle seulement qu'elle était trépassée ? Était-ce un homme ou une femme, de son vivant ?

Autant de questions qui taraudaient James.

Son ouïe ultra-sensible de *draoidh* perçut un bruit de sanglots. Très lointain. Étouffé par les siècles. On avait pleuré, ici, pendant longtemps ou bien avec une intensité peu commune...

James avança avec précaution. Quelque chose de sec craqua sous son pied, et James rectifia mentalement.

On n'avait pas seulement pleuré, on était *mort* ici.

Éberlué, il contempla la matière claire, friable, qui gisait dans l'empreinte de sa chaussure. Il venait de marcher sur un ossement... Oui, c'était bien ça. Un fragment osseux, très poussiéreux et encore pris dans la terre battue de la cave, mais indéniablement un vestige humain. James le savait d'instinct. Il repoussa une vague de dégoût et retira aussitôt son pied.

Le spectre bondit vers lui.

Soudain, il était devenu très rapide et visiblement animé d'une volonté propre.

Ce n'est pas une apparition résiduelle... Par le Grand Dagda, j'en étais sûr !

Il s'arrêta net à deux pas de James, qui eut du mal à conserver son sang-froid. L'air se chargea encore plus en électricité statique, lui donnant la nausée.

Les questions se bousculaient dans son esprit. Une victime d'assassinat ? Un cadavre dans la cave de *son* immeuble ? Il ne s'étonnait plus de la présence de ce spectre errant.

Il tendit la main en avant en un geste apaisant. Avec un peu de chance, le fantôme comprendrait qu'il n'était pas animé de mauvaises intentions… En même temps, il venait de piétiner ce qui devait probablement être les restes de son enveloppe charnelle.

— Je suis navré, murmura James. Vraiment navré.

Aussitôt, le spectre perdit de sa consistance et s'évapora dans l'air humide.

C'était terminé.

Satisfait de ce petit succès, James rafistola la porte de la cave du mieux qu'il put. Il allait monter dans sa chambre lorsqu'il s'arrêta sur le palier du premier étage. Il tâta la poche intérieure de sa veste, palpant l'épaisseur de la lettre d'Agapanthe.

Sa mission était sans doute urgente. Il ne pouvait la remettre au lendemain. Après cette diversion bienvenue, il se sentait prêt à affronter Sir Duncan !

Il tourna les talons et redescendit l'escalier quatre à quatre.

9

— Peut-on savoir ce qui t'a pris, au juste ?

Le cri résonna contre les parois de la zone antibruit. Clara baissa la tête, incapable de répondre. Lorsque Bleiz était envahi de colère, comme à cet instant, même Agapanthe n'en menait pas large.

— Je te demande d'attirer ce *draoidh* pour lui prélever une goutte de sang, une toute petite, minuscule, goutte de sang, et je te retrouve en train de le bécoter ! As-tu donc aussi peu de cervelle qu'un moineau ? Fille stupide !

— Je… Je n'ai pas…

— Assez. Assez de mots inutiles.

Bleiz s'était approché jusqu'à la frôler. Ses yeux d'un bleu turquoise si inhabituel semblaient luminescents, tant la fureur les embrasait. Son expression sauvage donnait l'impression qu'il pouvait se mettre à hurler ou à frapper sur tout ce qui bougeait sans prévenir.

Clara déglutit, garda la tête basse. Ce n'était pas le moment d'irriter Bleiz davantage encore… Ceux qui avaient abusé de sa patience n'étaient plus là pour témoigner de la violence dont il pouvait faire preuve, quand on le poussait à bout.

C'était quelqu'un de fougueux. Sanguin. Un rien sauvage. Sa nature le portait à s'enflammer en une seconde et à tout détruire autour de lui, quitte à le regretter une fois la crise passée.

Quelqu'un toqua à la porte de la chambre de Clara. Certainement Agatha : elles avaient l'habitude de s'entraîner ensemble à divers sorts et rituels, le soir, après le dîner.

Un grondement sourd monta de la gorge de Bleiz.

— J'y vais, murmura Clara sans le regarder.

Une solide poigne la retint par le coude.

— Laisse. Elle va partir.

Il renifla légèrement et la lâcha avec dégoût.

— Tu portes encore sur toi l'odeur de ce *draoidh* !

— Bleiz, je t'en prie… Je ne sais pas comment c'est arrivé, je ne l'ai pas voulu.

— Tu mens.

— Je ne l'ai pas prémédité... Je te le promets. J'ai eu la certitude, brusquement, que nous étions destinés à nous rencontrer, qu'il ne servait à rien de lutter contre le destin. Si, d'une façon ou d'une autre, tout cela était réellement voulu par l'Univers, alors je pense que…

Il tourna vivement la tête vers elle.

— Tu as enfreint le Code ! Toi ! Alors que je t'ai tout appris sur les règles à suivre. Comment as-tu pu faire une chose pareille ?

— Ce ne peut être si grave que ça…

— Tais-toi.

La vibration de sa voix, encore plus rauque que d'habitude, fit frémir Clara. Bleiz s'en aperçut et tenta de se radoucir.

— Navré pour ma voix. Le loup prend le pas en moi.

Elle hocha frénétiquement la tête. Elle savait.

Bleiz[13] inspira plusieurs fois, profondément, tout en psalmodiant à voix basse, afin de contenir sa nature sauvage. Elle l'avait déjà vu faire cela. La magie lui permettait de garder le contrôle de la bête qui sommeillait en lui.

Enfin, quand il se sentit plus stabilisé, il secoua la tête en agitant sa barbe.

— Le Code est tout, Clara. On ne peut y contrevenir sans risques.

— Ce n'était qu'un incident, tenta Clara, plus sereine à présent qu'elle le savait redevenu calme. Cela ne se reproduira pas, je te le promets !

Il posa sur elle un regard empreint de tristesse.

— Oh, ma petite fille ignorante… Ignorante et crédule. Tu sais si peu de choses sur le monde !

— Si je peux réparer ce que j'ai fait, dis-le-moi. S'il te plaît, Bleiz, je n'ai jamais voulu te fâcher : c'est arrivé ainsi, sans prévenir, mais c'est terminé ! Je ne reverrai jamais ce *draoidh*.

---

13 Bleiz signifie « loup » en breton.

Bleiz poussa un soupir las.

— Laisse-moi te raconter une histoire, petite Clara. Une longue histoire, mais peut-être ouvrira-t-elle tes yeux sur les réels dangers que tu nous fais courir à tous. Une histoire que j'ai vécue personnellement.

Clara opina sagement. Elle n'ignorait pas que son ami était âgé de plusieurs siècles… Elle ignorait son âge exact, mais il lui avait confié un jour avoir connu l'occupation romaine.

Bleiz s'assit sur le fauteuil de Clara, près de la cheminée éteinte, et lui fit signe de s'installer à son tour. Elle obéit, prit place sur son lit et attendit le récit promis.

— Il y a de cela près de huit siècles, commença Bleiz, alors que le Code n'existait pas encore, un puissant *draoidh* aima une sorcière. C'était mon ami et compagnon.

— Oh… Tu veux dire… ?

— Oui. C'était Merlin. Mais en ce temps-là, il se faisait appeler de son nom originel : Myrddin[14]. Barde et druide, Myrddin possédait un pouvoir toujours inégalé jusqu'à présent… Bref. Fut une époque où nous voyageâmes jusqu'en Alba[15], lui et moi. C'était une période merveilleuse ! Nous étions complémentaires, tous deux, et rien ne nous résistait.

— Un *draoidh* et un sorcier ?

— Exactement. Sans oublier que je suis aussi un homme-loup ! Myrddin, lui, pouvait prendre l'apparence de divers animaux. Si tu avais vu quel duo nous faisions, lui et moi ! Le pouvoir de la nature et le pouvoir des sorts ; l'ours et le loup ; les enchantements transmis de bouche à oreille, de génération en génération, et les sortilèges fixés par écrit. L'héritage et la transmission. La mémoire et le destin.

Il parut soudain se rappeler l'objectif de son récit, fronça les sourcils

---

14 Myrddin est le nom gallois de Merlin, dit l'Enchanteur. On ignore si ce personnage a une origine folklorique ou mythologique. L'hypothèse historique remonte à Myrddin Wyllt, barde gallois des premiers siècles qui apparaît déjà dans des manuscrits du VIe siècle.

15 Nom médiéval de l'Écosse.

et reprit, un ton plus bas.

— Nous sommes venus ici, à Edin-burh[16], au XIIème siècle. Myrddin ne tarda pas à s'éprendre d'une sorcière. Aigneas. Oh, je comprends cela… Aigneas était une très belle femme. Grande, élancée, avec un port de tête royal et de jolies courbes. Sa voix était douce comme du velours. Avec Myrddin, elle paraissait aimante, très éprise. Sans doute l'a-t-elle été sincèrement… Mais en réalité, elle n'avait rien d'un agneau[17] !

— Vous a-t-elle séparés, Myrddin et toi ?

— C'est plus compliqué que cela… Myrddin refusa d'écouter mes conseils, trop convaincu de la justesse de ses propres jugements. Il demeura auprès d'Aigneas. Dès lors, tout tourna très mal. Un enfant naquit de cette union. Un garçonnet. Un bébé très puissant... Dès le berceau, il communiquait mentalement et projetait sa poupée de chiffons au visage de sa mère.

— Charmant !

— En effet. L'enfant était prometteur, mais environné d'énergie négative. Il faut dire que son père, Myrddin, n'était pas foncièrement plaisant, quant à Aigneas, sa mère… Enfin, je suppose que c'était la fatalité. Déjà, Myrddin lui-même était le produit d'une union contre nature[18].

— Bleiz ?

— Oui, Clara ?

— Cet enfant, né au XIIème siècle… Est-ce que c'était le fameux druide maudit ? Celui qui a menacé l'existence du monde ?

— Tu es futée, ma chère petite. Oui, c'était bien lui. Celui dont on ne prononce pas le nom, par peur de sa puissance, mais aussi par respect.

---

16 Édimbourg semble s'être appelée « Dun Eydin » ou « fort d'Eydin » jusqu'au VIIème siècle, où elle prit le nom d'« Edin-burh » pour « la ville d'Edwin », évoquant peut-être le nom d'un roi de Northumbrie.

17 En gaélique écossais, le prénom Aigneas (l'équivalent d'Agnès) dérive du mot *oan* signifiant « agneau ».

18 D'après la légende, Merlin est supposé avoir un démon de la mer ou du vent pour père.

— Agapanthe pense que les *draoidhean* refusent de prononcer son nom par peur, ou par lâcheté.

— Elle se trompe sur ce point. Les druides ont le mérite de n'avoir pas oublié les bonnes manières au fil des siècles… Il faut respecter ce qui est plus fort que soi.

Clara hocha la tête.

— Et le Code, dans tout cela ?

— Il fut écrit juste après qu'*il* a été vaincu et enfermé par les *draoidhean* dans un endroit sûr. J'ignore où, exactement. C'est moi, bien sûr, qui fus chargé de la rédaction. Comme tu le sais, j'étais le compagnon de toujours de Myrddin, et j'avais fait mien l'art de la mise par écrit. C'est ainsi que notre duo fonctionnait : je consignais tout pour Myrddin, qui mettait à profit sa prodigieuse mémoire, réceptacle de tant de traditions anciennes, pour me dicter l'héritage de siècles et de millénaires de savoirs.

Clara hocha la tête, un peu étourdie par toutes ces révélations.

— D'accord… Donc, c'est toi qui as écrit le Code. Le druide maudit est le fils de Myrddin et d'une sorcière. Par la Déesse ! Le Code fut inventé à cause de *lui*, alors ?

Bleiz grogna, répugnant apparemment à parler du fameux fléau des mondes, celui dont on ne prononçait pas le nom.

— Nous avons décidé d'un commun accord, *draoidhean* et sorciers, de ne plus tolérer d'unions entre nos deux peuples. Ni d'amitié, par précaution. Il n'en ressort que des désastres ! L'existence du druide maudit avait manqué briser la dimension humaine : il était assoiffé de pouvoir. Imperméable à tout sentiment, à toute réflexion. On aurait dit…

— Oui ? l'encouragea-t-elle.

— On aurait dit qu'il était venu au monde pour le détruire. Nous ne pouvions pas le laisser faire, mais une fois vaincu, l'évidence nous est apparue : il reviendrait. Son esprit était trop puissant pour être anéanti aussi facilement.

— Que s'est-il passé, alors ? Puisque ce sont les *draoidhean* qui l'ont enfermé, et ont gardé le secret de l'emplacement de sa prison, je suppose que Myrddin a supervisé les opérations, et pas toi ?

Bleiz afficha un rictus qui se voulait un sourire amer, mais dévoilait désagréablement ses canines légèrement plus aiguisées que celles d'un humain.

— J'étais un sorcier : je ne fus pas autorisé à connaître ce secret. Mon vieil ami répugnait à tuer sa propre chair, son propre sang… Je le lui ai tant reproché, à l'époque, que cette ultime querelle signa la fin de notre belle amitié.

— Myrddin connaît l'endroit, lui ? déduisit Clara, soudain fébrile. Si nous pouvions découvrir cet emplacement, vu que tu as un moyen d'empêcher *son* retour…

— Myrddin *connaissait* l'endroit. Il n'est plus.

— Oh… Je l'ignorais. Comment est-il mort ?

— Il n'est pas mort.

Clara plissa le front.

— Ma chère enfant, sourit Bleiz en lui caressant à nouveau la joue. Il y a tant de choses que tu ignores ! Tant de choses que tu ne sauras jamais. Pour ton propre bien.

Elle soupira, tout entière happée par le récit de son ami.

— Si je comprends bien, résuma-t-elle, Myrddin connaissait l'endroit de la prison de son fils mais il ne peut plus la révéler. Quant à toi, tu as trouvé un moyen de l'empêcher de revenir à la vie, cependant tu ne peux rien faire sans savoir où *il* a été enfermé… C'est bien ça ?

— En gros, c'est ça, oui.

Clara réfléchit, sourcils froncés.

— James pourrait nous aider.

— Ne me parle pas de ton fichu *draoidh* ! s'emporta Bleiz, se levant brusquement pour faire les cent pas. N'as-tu pas compris pourquoi le Code interdit toute relation entre *draoidhean* et sorciers ?

— Si, mais…

— Le simple fait que tu prononces le mot « mais » prouve que tu prends le Code à la légère !

Il allait et venait, tête basse, épaules rentrées, et Clara visualisa aussitôt la part de loup en lui. Elle s'obligea à rester calme, à repousser l'image de James. Peine perdue. Déjà, au souvenir du merveilleux baiser qu'ils avaient échangé, son cœur s'emballait, son souffle se faisait court.

Bleiz dut sentir son changement d'humeur, car il enfonça le clou.

— Clara, le Code est loin d'être une plaisanterie. Tu ne dois pas fréquenter ce *draoidh* ! Encore moins t'en éprendre. Vos destins divergent, et c'est très bien ainsi : il ne sortirait que du malheur de votre union. Tu ne voudrais pas créer un nouveau… *Lui* ? Celui dont on ne prononce pas le nom ?

Rougissante sous l'allusion, Clara secoua la tête avec vigueur. Bien entendu, qu'elle comprenait ! Et elle s'en voulait terriblement de s'être laissée séduire de la sorte par un homme qu'elle devait à tout prix éviter, à présent. Si elle en jugeait par leur premier échange télépathique, ce n'était pas lui qui s'éloignerait pour respecter le Code ! Elle devait prendre les devants et trancher net cette relation qui n'aboutirait nulle part.

Bleiz se figea et se tourna vers elle.

— Ce n'est pas tout, on dirait… Tu empestes la culpabilité. Qu'as-tu fait d'autre ?

Elle ne parvint qu'à bredouiller quelques mots, terrifiée par la colère de l'homme-loup.

— Parle ! s'énerva celui-ci. Que me caches-tu ? J'ai d'autres moyens de t'arracher la vérité, et tu le sais.

— James est au courant qu'il existe un espoir d'empêcher le retour du druide maudit. Voilà.

— Tu le lui as dit ?

— Je ne pensais pas mal faire, c'était dans l'Entre-Monde et je cherchais à le retenir, à éveiller son intérêt…

— Dans l'Entre-Monde ? gronda Bleiz, les poings crispés. Et tu ne m'en as rien dit, bien sûr ?

Clara prit une profonde inspiration et adressa une rapide prière à la Déesse.

Apaise sa colère, je t'en conjure, Grande Mère.

— Ce n'est pas tout, lâcha-t-elle ensuite très vite. Il sait aussi pour le sang de Fraoichan. Cette fois, je t'ai tout dit, je le jure.

Le hurlement de Bleiz lui transperça les tympans. Son orgueil l'empêcha de se boucher les oreilles telle une enfant effrayée, mais elle dut prendre sur elle pour ne pas fondre en larmes. Il n'était pas question qu'elle montre encore plus de faiblesse qu'elle l'avait déjà fait.

— Je ne voulais pas te décevoir, tu sais… Je pensais obtenir ainsi ce que tu m'avais demandé.

— Au final, tu n'as rien obtenu et ce *draoidh*, lui, a tiré de toi tout ce qu'il a voulu.

— Bleiz, je t'en prie.

Cette fois, les larmes étaient proches. Clara ferma les yeux très fort pour les contenir. La voix de son ami lui parvint, étonnamment neutre.

— Je ne suis pas fâché contre toi. Tout ceci est de ma faute : j'aurais dû me charger de cela moi-même. Je pensais juste que ton intervention serait plus discrète… J'ai eu tort. Voilà tout.

Un claquement de porte lui apprit qu'elle était seule.

Alors, Clara s'abandonna au chagrin et pleura la perte de James et celle de Bleiz. À trop hésiter entre deux loyautés, elle avait fini par tout perdre.

10

Bleiz ne put patienter pour laisser éclater sa fureur. Plutôt que de faire un esclandre chez les sorcières, il enroula les bras autour de lui, traça des volutes dans les airs et créa un tourbillon qui le téléporta chez lui.

Dans l'Entre-Monde.

Contrairement aux *draoidhean* et aux sorcières, lui pouvait y vivre sans dommages. Sa puissance était devenue telle, au fil de ses millénaires d'existence, qu'il échappait parfois aux règles régissant les corps physiques…

Toujours sous forme de tornade, il fila vers une caverne dissimulée dans les flancs d'Arthur's Seat. Indécelable aux regards, encore plus dans cette dimension, elle lui apportait la sécurité dont il avait besoin. Personne ne viendrait le chercher ici.

Il reprit son apparence humaine en pénétrant dans son refuge. Des peaux d'animaux et des couvertures colorées tapissaient le sol. Quelques coussins ça et là, des lampes sur pied savamment disposées pour éclairer la totalité de l'espace. Tout au fond, une bibliothèque de bois où voisinaient livres modernes, anciens codex, rouleaux de parchemin et même quelques papyrus égyptiens. Une petite écritoire trônait entre les étagères surchargées et l'âtre de pierre sculptée où brûlait un feu verdâtre.

Bleiz soupira de soulagement en se laissant tomber sur des coussins. Le simple fait de se retrouver ici calmait déjà sa fureur.

C'était son antre.

Sa tanière.

Il claqua des doigts, et une belle pièce de viande sur un grill de fer apparut au-dessus de l'âtre. Bleiz se détendit, savourant l'odeur de viande grillée.

Il avait eu tort d'envoyer Clara pour cette mission : elle était bien trop jeune ! Il s'en voulait tant, d'avoir commis une telle erreur de jugement…

Myrddin se moquerait bien de moi.

Il repoussa une vague de nostalgie. D'avoir évoqué son vieil ami, pour la première fois depuis bien longtemps, l'avait rendu sentimental.

Amer, il se leva pour arpenter son domaine. Il réfléchissait mieux en se déplaçant.

Que faire, à présent ? Ce *draoidh* en savait plus que lui, et en plus il n'était toujours pas fixé sur sa filiation. Bleiz n'avait pas le choix : il devait découvrir si ce James était, oui ou non, le descendant de ce vieux bougre de Fraoichan. Seule la chair du Grand *Draoidh* qui avait emprisonné le fils de Myrddin, au XIIème siècle, possédait en lui le pouvoir de le maintenir dans sa geôle.

Lui, et l'élue. À eux deux, ils étaient supposés « forger une clef » qui permettrait de clore pour toujours la prison du druide maudit. À priori. Il n'y avait que quelques prophéties pour étayer les recherches…

Lorsqu'il aurait trouvé le sang de Fraoichan, Bleiz se mettrait ensuite en quête de cette femme mystérieuse dont les prédictions des devins annonçaient la venue depuis près de huit siècles.

Mais si James était bien le descendant de Fraoichan, alors il se pouvait que l'élue soit Clara. Et si « forger la clef » menaçait la vie de sa protégée…

Pas ma Clara !

Bleiz poussa un hurlement de rage contre le destin, contre les dieux et contre son vieil ami, qui par sa faiblesse envers une femme avait abouti à cette situation sans espoir.

11

Trois jours plus tard, James piaffait d'impatience.

Tout était à l'arrêt.

Sir Duncan ne le chargeait plus de missives à transmettre, il n'avait rien découvert au sujet du mystérieux Fraoichan dans les archives des *draoidhean*, et il n'avait pas la moindre nouvelle de Clara. Même le spectre de son logement faisait le mort – avec la fatigue nerveuse, James en venait à faire des jeux de mots douteux.

Bien décidé à avancer sur au moins l'un de ces points, voire deux dans le même temps, il finit par prendre une décision non seulement risquée, mais aussi complètement folle. Une intuition le poussait à obéir à son impulsion, et il choisit de lui faire confiance.

Profitant de ce que le Lord Provost recevait une délégation dans son bureau concernant les travaux de voirie dans le vieux centre d'Old Town, James s'éclipsa et sauta dans un taxi brinquebalant.

— Leith, s'il vous plaît ! Aussi rapidement que possible.

— Où ça, dans Leith ?

— Près des quais. Le restaurant Chez Bridget.

Le taxi laissa James sur le trottoir, en face du restaurant. Il attendit que l'automobile soit repartie, fumant et pétaradant, puis fit demi-tour et se glissa dans une ruelle balayée par le vent, deux bâtiments plus loin.

Clara était là, tout près.

Il lui suffisait de se concentrer suffisamment… Ce serait difficile, un peu douloureux sans doute, mais James se sentait capable d'entrer en contact avec elle même à cette distance. Son besoin de lui parler était si dévorant qu'il était sûr de pouvoir dépasser ses limites.

Il s'accroupit dans la ruelle déserte, dos au vent, et ferma les paupières.

Sa main caressa la tige d'une fleur tenace qui poussait entre deux pavés ; il lui demanda de lui prêter un peu de sa force et de sa détermination. Les yeux toujours fermés, il discerna la lueur verte qui grandissait pour entrer dans le creux de sa paume. Une chaleur stimulante l'envahit, et il sentit ses capacités croître aussitôt.

Clara.

Sa voix résonna dans sa propre tête, lui paraissant plus forte que jamais. Elle l'entendrait ! Elle ne pouvait que l'entendre.

Et de fait, après quelques essais, une réponse lui parvint – pas celle qu'il espérait, toutefois.

— Partez.

Clara ! Nous devons parler. Où puis-je vous retrouver ?

— Nulle part. Partez, James. Nous ne pouvons plus nous voir et vous le savez aussi bien que moi. Ne compliquez pas la situation, je vous en prie.

Alors, c'était cela… Elle ne voulait plus le voir. Il se demanda une seconde si c'était à cause du baiser, puis écarta résolument cette idée. Clara avait répondu à son étreinte avec trop d'empressement. Elle avait désiré ce baiser autant que lui, il en était absolument certain.

Alors, pourquoi ce soudain revirement ?

Il posa la question, sans prendre de gants.

Est-ce à cause de notre baiser ? Vous voyez, la terre ne s'est pas ouverte en deux, il n'y a pas eu de pluie de sauterelles sur la ville, et les Enfers ne se sont pas déchaînés sur nous… Ne craignez rien.

— Vous êtes si ignorant, James !

C'était une erreur, je le reconnais, et je respecterai votre choix si vous décidez de cesser notre relation. Mais ne vous cachez pas comme une fillette, Clara ! Nous devons parler, c'est important.

— James, ne m'obligez pas à prévenir mes consœurs pour vous obliger à partir.

Vous ne feriez pas cela.

— Pensez-vous ?

Ainsi, elle était si fâchée qu'elle était prête à risquer la toute nouvelle trêve pour l'écarter ? James en fut sidéré. Une douleur cuisante naquit en lui, et elle n'était pas due à l'effort qu'il produisait pour communiquer à cette distance.

Très bien. Clara ne voulait plus le voir ? Il n'allait pas en faire une maladie.

Il lança les mots le plus sèchement qu'il put par sa pensée.

Dites-moi simplement qui est Fraoichan. Ensuite, vous n'entendez plus parler de moi.

Un silence s'éternisa.

Clara, êtes-vous toujours là ?

James s'apprêtait à réitérer sa demande, lorsque la réponse fusa.

— Fraoichan est le Grand *Draoidh* qui emprisonna le druide maudit. Partez, maintenant.

Il n'obtiendrait rien de plus. Il le sentait au ton de Clara, à la fermeté dans sa voix.

Fort bien. Il avait l'information qu'il désirait. Et, en prime, il était fixé sur le mutisme de Clara ces derniers jours. Elle ne voulait tout simplement pas de lui... Le baiser qu'ils avaient échangé, s'il l'avait ébranlé lui au point de hanter ses pensées plusieurs jours durant, n'avait rien signifié pour elle.

Rien du tout.

Tout compte fait, James se convainquit rapidement que tout était pour le mieux. Il venait d'essuyer une sévère rebuffade, mais au moins il savait !

Vraiment, bien joué, mon vieux. Tu es un bourreau des cœurs !

Il se remit en quête d'un taxi pour rentrer, empli de rage. Sir Duncan lui avait bien dit et répété de se méfier des sorcières ! Tant professionnellement que personnellement, de toute évidence, elles n'étaient guère fiables.

James s'interrogea sur ce qu'il venait d'apprendre. Si Fraoichan était le nom d'un *draoidh* aussi important dans l'histoire d'Édimbourg, pourquoi n'en avait-il trouvé aucune mention dans les archives de l'ordre ?

Sir Duncan aurait sans doute des réponses.

Il ne pouvait pourtant lui poser des questions directement : ce serait avouer la relation interdite qu'il avait nouée avec Clara. Même si elle était à présent terminée, il ne pouvait la confesser à son mentor sans prendre de gros risques… James était assuré de devoir répondre de ses actes sans la moindre mesure de faveur. Sir Duncan ne lui pardonnerait pas ses initiatives, ses entorses au Code. James pourrait perdre son statut d'apprenti du Grand *Draoidh*, voire… On ne pouvait retirer ses pouvoirs à un druide, puisqu'il les acquérait au prix de longues années d'études et de pratique, mais on pouvait fort bien le bannir de l'ordre de La Roue.

Ses perspectives de carrière à la suite du Lord Provost tourneraient court ! Il n'aurait ainsi plus à réfléchir à la réponse qu'il devait encore donner à Sir Duncan : La Roue lui demeurerait fermée. Point final.

12

Repousser James n'avait, hélas, pas suffi à rasséréner Clara.

Oui, elle se sentait mieux vis-à-vis de Bleiz et éprouvait un vif soulagement, à présent qu'elle savait ce qui risquait de ressortir d'une relation entre *draoidh* et sorcière.

Oui, elle avait l'impression d'être plus forte. De pouvoir décider de son destin.

Une ombre, cependant, planait sur son esprit.

Elle s'en voulait terriblement d'avoir fait souffrir James. Même sans le voir, elle avait nettement perçu sa douleur. Son amertume. Et, pire que tout, sa résignation ; nul doute qu'il l'accusait des mille travers attribués aux sorcières au fil des siècles !

Méchanceté, duplicité, manipulation, fourberie… Il devait l'accabler en son for intérieur. Par conséquent, Clara ne parvenait pas à se concentrer dans les préparatifs de *Bealltainn*[19] ce qui était, bien sûr, inadmissible pour une sorcière.

Pour l'heure, elle gardait l'esprit occupé en créant avec Agatha un sort floral supposé faire apparaître des guirlandes de roses.

Il fallait des fleurs, pour célébrer dignement *Bealltainn* : beaucoup de fleurs. Des fleurs, de la musique et de la joie.

C'était la fête du printemps, ou plutôt de la saison claire par opposition à la saison sombre ouverte par Samhain, le premier jour de novembre. Une grande célébration de l'année celtique. Chaque nuit du trente avril au premier mai, il y avait toujours une poignée de curieux pour observer le rituel druidique sur Calton Hill, puisque la colline au vortex[20]

---

19 Beltane, en gaélique écossais.

20 Voir Les Ombres d'Édimbourg, tome 1 L'Entre-Monde. La colline de Calton Hill, surmontée d'un vortex de communication avec d'autres dimensions, fait l'objet d'une lutte entre *draoidhean* et sorcières pour s'approprier son énergie

appartenait aux *draoidhean*.

Parmi les badauds, aucun sans doute n'avait conscience d'assister à une véritable cérémonie religieuse, et non à une amusante reconstitution créée par des passionnés de traditions celtiques.

Les sorcières, elles, fêtaient *Bealltainn* à la belle étoile, dans des lieux emblématiques de la persécution qu'elles avaient subie aux XVI et XVIIèmes siècles à Édimbourg. Il y avait Princes Street Gardens et, non loin de là, à l'angle de Castle Hill, tout près de l'entrée du château, la Fontaine des Sorcières[21].

Pour *Bealltainn*, il fallait honorer la Grande Déesse par tous les moyens : danses, chants, offrandes, amour partagé. Pour *Bealltainn*, la tradition était autrefois de s'aimer sans pudeur, pour rendre hommage aux bienfaits d'amour et de fertilité jadis offerts aux humains par la Déesse. Cette dernière partie n'était plus obligatoire, désormais, et c'était tant mieux. Clara éviterait ainsi de trop songer à un certain baiser qui avait récemment enflammé ses sens en une pure action de grâce envers la Grande Déesse…

Il fallait des danses et des chants. Ce serait tout, pour Clara. Et aussi des fleurs. Beaucoup, beaucoup de fleurs.

Elle ne s'aperçut qu'elle inclinait trop la bougie que lorsque Agatha poussa une exclamation en recevant la cire chaude sur le bras.

— Enfin, Clara ! Sois à ce que nous faisons. Tu rêvasses ?

— Pardonne-moi, je… Oui, j'avais l'esprit ailleurs ! Ce n'est rien, je te promets que c'est fini. Continuons.

— Non, c'est raté. Il faut tout recommencer, maintenant !

Elle constata les dégâts, affligée. La guirlande de roses s'était transformée en chapelet de chardons. Les plantes, trop instables, ne tardèrent pas à se désagréger.

---

paranormale.

21 Witches Well, « la fontaine des sorcières », est une fontaine commémorant la mort de près de 1500 sorcières, soit par strangulation, soit par le bûcher.

Clara sortit sa baguette de bouleau. D'un mouvement du poignet assorti d'une formule de dissolution, elle fit disparaître les reliquats du sort manqué.

— Je suis navrée.

— Tu peux ! rétorqua Agatha. Réunir ces ingrédients m'avait pris du temps. Nous ne serons jamais prêtes pour demain soir !

Agatha se laissa tomber dans le fauteuil de sa chambre, près de la cheminée, sans cacher sa déception. Clara rangea sa baguette, pensive. Elle ne put s'empêcher de revoir Bleiz, sur ce même siège, en train de lui raconter la naissance du Code et sa raison d'être. Ses paroles résonnèrent dans son esprit, lointain écho d'une conversation qui l'avait changée à jamais.

« Nous avons décidé d'un commun accord de ne plus tolérer d'unions entre nos deux peuples. »

Clara déglutit, la gorge soudain sèche. Elle comprenait la gravité de son erreur, mais un peu tard… Quelle folie l'avait donc prise de se laisser approcher par un *draoidh* ? Lui semblait bien ne pas réaliser l'importance de respecter le Code.

« Il n'en ressort que des désastres ! »

Des désastres et des monstres, que toute la magie des plus puissants êtres du monde peinait à contenir. Cela expliquait tout. *Draoidhean* et sorcières n'étaient tout simplement pas compatibles. L'attirance qu'elle éprouvait n'était qu'une passade, voilà tout : elle oublierait vite James.

« Il ne sortirait que du malheur de votre union. »

Son baiser, lui, resterait gravé dans sa mémoire.

— Par le Grand Cornu ! Tu m'écoutes, Clara ?

Cette fois, Agatha semblait vraiment courroucée.

— Excuse-moi… Je ne suis pas moi-même, en ce moment.

— Je le vois bien ! Quel est le problème ?

Clara força ses lèvres à sourire, balayant l'air de la main.

— Rien qui vaille la peine de perdre du temps en commérages.

— Tu plaisantes ? Il n'y a rien de mieux que les commérages !

— Non, je t'assure. Ce n'est vraiment rien. Je suis juste un peu distraite car je pense à certaines choses que m'a dites Bleiz, lors de sa dernière visite.

Hélas, il en fallait plus pour détourner l'intérêt maintenant éveillé de son amie.

— Oh… Et il t'a confié des secrets intéressants ? Un nouveau sort, peut-être ? Tu sais que je suis toujours là pour t'aider à t'entraîner.

— Non, non. Il m'a juste raconté certains de ses souvenirs, pas très agréables… J'y pense quelquefois, voilà tout. Allons ! Remettons-nous au travail. Je vais chercher d'autres ingrédients dans la réserve, d'accord ?

— Ah oui, parce que cette fois la vieille Marguerite me demandera des comptes : déjà tout à l'heure, elle a tiqué quand je lui ai présenté toute une liste d'herbes rares.

— Je m'en charge. Marguerite m'aime bien, ça ne devrait pas poser de problème.

Agatha lâcha un rire, la tête en arrière.

— Mais c'est que tu deviens canaille !

Tu n'as pas idée…

Clara prit une besace et quitta la chambre avant d'être tentée de tout raconter à son amie. La fascination qu'elle éprouvait pour un certain grand *draoidh* à la mine sérieuse, leur baiser passionné dans un coin de la remise du restaurant, sans oublier l'obstacle insurmontable que représentait le Code.

Elle devait désormais garder tout ceci pour elle. Bleiz était quelqu'un de très secret : ce qu'il lui confiait, peu de personnes le savaient, certainement. Et après l'avoir déçu au-delà de toute mesure, Clara ne prendrait pas le risque de le trahir encore en divulguant ses révélations sans son accord.

Ses lèvres demeureraient closes. C'était décidé.

Si elle devait pour cela apprendre à dissimuler ses pensées, ses sentiments… Alors, elle apprendrait.

13

— Auriez-vous oublié quel jour nous sommes, jeune homme ?

L'accueil de Sir Duncan n'aurait pu être plus glacial. Il toisait James malgré sa plus petite taille, un pli barrant son front.

— Je suis désolé, Sir. Je devais me rendre au poste de police, ce matin, et les formalités m'ont pris plus de temps que prévu… Veuillez excuser mon retard.

— Et peut-on savoir quelle urgence requérait votre présence matinale au poste de police ?

James se gratta la tête, aussi embarrassé qu'un petit garçon pris en faute en train de chaparder de la confiture dans le garde-manger familial.

— Vous vous souvenez de ce spectre, dans mon logement ? Je vous en ai parlé, Sir. Eh bien j'ai fini par trouver la raison de sa présence, et le plus passionnant est qu'il ne s'agit pas d'une apparition résiduelle, mais bien d'une hantise consciente ! Il a réagi à l'un de mes mouvements.

— Mmmh. Intéressant, je vous le concède. Mais pourquoi avoir consulté la police ?

— J'ai parlé à mon propriétaire de la présence d'ossements dans la cave, afin que l'on puisse les exhumer et leur donner une sépulture décente, mais il n'a rien voulu savoir. Alors, je me suis dit que la police… Je me suis fourvoyé, toutefois : la police n'a aucune envie de mener une enquête, et refuse de considérer un meurtre vieux de plusieurs décennies, voire de plusieurs siècles, vraisemblablement. Les restes de ce pauvre hère demeureront donc dans la cave, et le spectre ne connaîtra pas de repos avant longtemps.

— Notre mission, jeune homme, n'est pas d'apaiser les esprits de la ville en les envoyant à un repos éternel ! Qu'avez-vous imaginé ?

James bredouilla des excuses, à nouveau.

Il se sentait un peu idiot. Le rôle des *draoidhean*, comme il le savait pourtant, se résumait à maintenir l'équilibre entre les mondes : Monde des humains, monde des esprits, Entre-Monde… Ils n'étaient pas là pour apporter le repos aux spectres, c'était la vérité. Juste pour les empêcher de nuire aux vivants, et de révéler de la sorte l'existence des phénomènes paranormaux.

— Vous savez que nous sommes la veille du premier mai ? reprit Sir Duncan. Nous devons veiller à ce que tout soit prêt pour le rituel de ce soir, sur Calton Hill.

— Bien entendu, Sir. J'ai supervisé la préparation des costumes et la confection des torches. Rien ne s'opposera à la célébration du feu de Bel[22].

— Bien, bien. Écoutez, James, vous êtes un excellent élément, et un jeune homme brillant. Plein de bonté et d'illusions en de douces chimères ! Par exemple, ce que vous avez fait pour ce spectre, dans votre logement, était totalement inutile.

— Mais, je…

— Vous êtes curieux de nature, je le sais. C'est une bonne chose. Un défaut positif, si je puis dire. Mais cela va trop loin. Vous vous laissez déstabiliser par des éléments mineurs.

— Sir Duncan, je vous assure que je suis tout à fait apte à assumer mes responsabilités habituelles !

Le Lord Provost secoua la tête, ennuyé.

— Mon cher garçon… Je me rends bien compte que vous êtes perturbé, ces derniers temps. Depuis l'inauguration de la bibliothèque et les pourparlers avec Agapanthe, si je ne m'abuse.

James se raidit.

---

22 Contrairement aux sorcières, la tradition druidique semble se focaliser sur le feu en tant que source de purification pour célébrer la fête de Beltane. Ils rendaient alors hommage à Belenos, « l'éclatant », dieu assimilé à la lumière et non au soleil lui-même comme Lug, et à sa parèdre Belisama, « la très brillante ». Beltane était une célébration de la lumière, du feu, de la vie.

Clara.

Non, il ne devait pas songer à elle. Surtout pas maintenant ! Sir Duncan était bien capable de deviner la source de son trouble. Changeant d'attitude, celui-ci lui posa une main compréhensive sur l'épaule.

— Je sais ce qui est la cause de tout cela. Je le sais bien, James, inutile de me mentir.

Il allait lui dire tout ce qu'il pouvait sans impliquer Clara. Voilà tout. Elle ne méritait peut-être pas tant d'égards, vu la façon très cavalière dont elle l'avait éconduit… Mais James ne pouvait se résoudre à tromper la confiance d'une femme qui s'était abandonnée dans ses bras, sorcière ou non. Il possédait un minimum d'éducation.

Prenant une grande inspiration, il planta son regard dans celui de son mentor.

— Sir, je peux tout vous expliquer.

— Non, non, mon cher James, ce n'est pas nécessaire. Puisque je vous dis que je sais !

— Ce n'était pas dans mes intentions de…

— … de refuser ma proposition, c'est cela ?

James lui jeta un regard circonspect.

— Allons, poursuivit le Lord Provost, je comprends parfaitement que ma proposition de prendre ma suite, un jour, et d'entrer dans La Roue en tant qu'administrateur à part entière ait pu vous effrayer quelque peu… C'est bien normal. À votre âge, on ne songe pas forcément à ce que sera tout le reste de son existence.

James retint un soupir de soulagement. Dagda soit loué, Sir Duncan ne se doutait de rien !

Il n'eut pas à se forcer pour afficher un air contrit.

— C'est exact, Sir : j'avoue que cela m'a donné matière à réflexion… Pour tout vous dire, je n'ai pas encore décidé de ma réponse. J'y songe.

— Vous avez bien le temps. Je ne compte pas tirer ma révérence de sitôt ! Ni partir en retraite. Vous imaginez, un Grand *Draoidh* en retraite ?

Le Lord Provost sourit de sa boutade et revint à ce qui le préoccupait, à savoir l'organisation de la cérémonie qui aurait lieu le soir même sur les pentes de Calton Hill. James apaisa ses craintes, promit de veiller à ce que les derniers préparatifs se déroulent bien, puis il prit congé.

Il sortit s'aérer l'esprit dans les rues d'Old Town, bien conscient d'avoir frôlé la catastrophe…

La nuit venue, James tint sa place dans la procession au pied de Calton Hill. Il s'était glissé en queue de colonne, mais se fondait difficilement parmi la cinquantaine de *draoidhean* d'Édimbourg : malgré sa robe de bure au capuchon rabattu sur les yeux, sa haute taille le trahissait. Le Grand *Draoidh*, qui mènerait la cérémonie, ouvrirait la marche. Un petit attroupement de curieux les montrait du doigt, à distance respectueuse.

James serrait sa torche d'une main ferme.

Il se produisait quelque chose d'anormal, ce soir. En dépit de toutes ses résolutions, en dépit de son cœur brisé et de son orgueil blessé, il était poursuivi par l'image de Clara. Par son sourire timide, ses adorables joues roses, ses cils pudiquement baissés… Sa maladroite impétuosité, au moment où ils s'étaient embrassés.

À cette simple pensée, James sentit son sang s'embraser dans ses veines. S'agiter, tel un thé brûlant secoué par une cuillère énergique. Bouillonner. Il devait réfréner une étrange impulsion... C'était un peu comme si son sang voulait danser, animé d'une vie propre, et James devait prendre sur lui pour demeurer aussi immobile que les autres *draoidhean*.

Sombre idiot ! songea-t-il sans complaisance envers lui-même. *Elle t'a repoussé sans la moindre délicatesse, cesse donc de soupirer après cette femme.*

Et puis, qu'est-ce qui lui prenait d'avoir envie de lâcher sa torche pour esquisser des pas de danse ?

Bealltainn, comprit-il alors.

Il ressentait juste les effets de la nuit de *Bealltainn*, décuplés par sa récente déconvenue avec Clara. En plus de la fête du feu et du renouveau, c'était aussi celle de la nature, de la pluie, de la vie, de la fertilité et de la fécondité. Jadis, dans les temps lointains où druides et sorcières n'étaient pas séparés par le Code, on fêtait l'éveil de la Reine de Mai et de l'Homme Vert à travers toute une nuit de rituels, lesquels se terminaient à l'aube par l'accouplement solennel de ces deux personnifications du printemps.

C'était la première fois que James ressentait cela.

Il fallait croire que, même en ces temps modernes où les cérémonies des sorcières et celles des *draoidhean* étaient séparées, le sang de James retrouvait d'anciens réflexes ! Un instinct immémorial. Une soif de célébrer la vie, l'amour.

Grand Dagda, aide-moi !

Au même instant, le Grand *Draoidh* donna le signal du départ en adressant une fervente prière aux cieux étoilés.

— Belenos, ô Éclatant ! proclama la voix claire du Lord Provost, méconnaissable sous sa capuche. Tes servants sont prêts à rallumer les feux pour l'année à venir. Apporte à nos esprits l'harmonie de ta pensée, à nos cœurs la jeunesse, et à nos corps la santé. Que le feu de Bel brûle haut !

Ils se mirent en route sous une pluie fine et glacée, qui grésillait en s'écrasant sur les flambeaux. Ils entamèrent un tour complet de la colline dans le sens des aiguilles d'une montre.

James serrait fort les mâchoires pour ne pas hurler le nom de celle vers qui fusaient toutes ses pensées.

Clara la douce. Si belle, si spontanée… Si adorable. Une jolie jeune fille toute innocence et pureté ; du moins, en apparence.

Clara l'inconstante, qui quémandait un baiser puis éconduisait son soupirant sans plus d'explications. Jouait-elle la comédie, ou était-elle véritablement tiraillée entre son inclination et la peur de transgresser les règles ?

Clara la cruelle. La perfide, qui s'amusait avec les sentiments de James pour mieux lui soutirer… Quoi, au juste ? Non. C'était stupide. S'il y réfléchissait, James devait plutôt admettre que c'était lui qui avait soutiré d'importantes informations à Clara, et non l'inverse.

Cela faisait-il de lui un intrigant ? Un manipulateur ? Sans doute, oui.

Même si c'était bien involontaire de sa part. Il se surprit à détester Clara pour ce qu'elle avait fait de lui…

La détester ? Sûrement pas. James transformait tout simplement son impuissance en ressentiment, parce qu'il lui était plus facile d'être en colère que d'accepter le rejet de Clara.

Il était si doux de la haïr ! Pour l'avoir intrigué, au départ, puis attiré dans ses rets. Pour avoir peu à peu pris une telle place dans son existence qu'il ne cessait plus de penser à elle. Dagda seul savait si elle l'avait vraiment voulu ou bien si c'était là pure machination de la part de la sorcière ! En tous cas, James préférait la maudire plutôt que la regretter.

Les regrets avaient un goût trop amer.

Il suivit le rythme de son prédécesseur, heureux de clore le défilé. Il n'était guère d'humeur à participer à la fête. Enfin, James termina le dernier le tour de la colline : levant les yeux, il regarda, fasciné, la colonne qui gravissait maintenant les pentes de Calton Hill. Les torches brandies dans l'obscurité créaient l'illusion du dos mouvant d'un serpent de feu.

C'était magnifique. Comme à chaque rituel auquel il participait, le même phénomène se produisit brusquement : James sentit un frisson d'excitation le parcourir des pieds à la tête. Une bouffée de chaleur gonfla sa poitrine, alors que son souffle s'accélérait.

Il ressentait la présence du dieu.

Belenos était venu. Il se trouvait là, invisible, mais omniprésent, dansant dans les ombres projetées par les torches, et les invitant tous à le rejoindre.

Si seulement Clara était là, pour tournoyer avec lui sous les étoiles…

Oh non, certainement pas ! Elle ne me manque pas du tout.

James gravit à son tour la colline sacrée, pas après pas. La bruine s'était arrêtée, mais l'herbe était glissante. Il garda les yeux rivés au sol pour éviter une chute. Lorsqu'il releva la tête, une fois parvenu au sommet de la pente, il la vit.

Elle.

Clara.

— Impossible...

Et, de fait, la vision s'évapora dans les fumerolles des torches, tout autour de lui. Ce n'était pas Clara, seulement un égarement de son esprit. À croire qu'il perdait la raison !

Il était sur Calton Hill, à présent, et prit sa place avec les autres *draoidhean*, qui formaient un cercle autour d'un grand feu allumé par le Grand *Draoidh*. Levant sa torche de concert avec ses compagnons, James prononça les paroles rituelles à voix haute.

— Belenos, ô Éclatant, Lumière sur terre, apporte à nos esprits l'harmonie de ta pensée, à nos cœurs la jeunesse, et à nos corps la santé. Que le feu de Bel brûle haut !

James sentit sa torche crépiter subitement, des flammèches vertes entamant un ballet endiablé au cœur des langues de feu qui montèrent haut vers le ciel. Les quelques badauds qui les avaient suivis jusqu'en haut de la colline laissèrent échapper de petits cris de surprise ou d'admiration. Ils pensaient certainement que tout ceci était une mise en scène savamment orchestrée, supposée perpétuer une tradition folklorique aux relents d'un paganisme distrayant...

La réalité était différente, ainsi que James le savait.

Belenos approuvait le rite. Il acceptait l'hommage, et confirmait sa présence aux *draoidhean*.

Sir Duncan, toujours méconnaissable sous son capuchon baissé, à l'image de tous les autres druides, poursuivit la cérémonie en jetant quelques offrandes dans le grand brasier central. Puis, il entama un chant ancestral en gaélique afin de demander à Belenos de protéger la vigueur et la santé des assistants.

James recula d'un pas, puis de deux.

Derrière le cercle de *draoidhean*, derrière la ligne de curieux rassemblés plus loin, il venait d'apercevoir une silhouette blanche et fine... Une jeune femme en robe longue, ses beaux cheveux noirs lâchés sur ses épaules ; même à cette distance, ses yeux clairs clouaient James sur place.

Clara...

C'était Clara.

Puis l'image s'évanouit. Une nouvelle fois.

James porta une main moite à son front, qu'il trouva couvert d'une sueur glacée. Des points brillants se mirent à danser dans son champ de vision, créant une sorte de farandole luminescente qui se dirigea lentement vers le bas de la colline, en direction de la ville.

James écarquilla les yeux, incrédule.

Bon sang, qu'est-ce qui ne va pas chez moi ?

Voilà qu'il se mettait à avoir des hallucinations. Il se demanda vaguement si Clara en était à l'origine. Si elle l'avait ensorcelé, ainsi que les sorcières étaient supposées le faire avec les hommes qu'elles désiraient.

Ensuite, il vit autre chose.

Une apparition d'un style différent, cette fois : une grande, très grande femme en blanc, la tête ornée d'une épaisse couronne de fleurs. Elle évoluait à quelques centimètres du sol, avec une grâce clairement étrangère à la dimension humaine.

La... La Reine de Mai ? Vraiment ?

C'était une émanation de la grande Déesse mère que vénéraient les sorcières, en plus de leur dieu cornu. James ne savait pas grand-chose d'elle, mais pour lui cette déité incarnait la Nature révérée par les druides. Eux ne lui donnaient ni nom ni corps physique, encore moins humain…

Pour l'heure, la Reine de Mai paraissait bien réelle et lui montrait du doigt la farandole de points lumineux en route dans les rues, droit vers Old Town.

James jeta un regard en coin aux autres *draoidhean*, qui avaient rompu le cercle pour purifier de leurs torches chaque recoin de la colline sacrée. Personne ne prêtait attention à lui. Il lui suffirait de s'éloigner discrètement.

Pour quoi faire, au juste ?

La folie de la nuit de *Bealltainn* lui montait à la tête… C'était évident. Il existait des racontars sur cette nuit particulière, à l'époque où elle était célébrée de concert par druides et sorcières : les jeunes *draoidhean* en parlaient, parfois, pour se donner des frissons ou fantasmer sur un temps révolu.

On disait que les énergies de la Terre, libérées, prenaient possession des hommes et des femmes pour leur faire éprouver la montée de la sève dans les végétaux.

On disait que les épisodes de démence passagère n'étaient pas rares, alors… Les participants perdaient souvent la mémoire de leurs actes et s'éveillaient le lendemain, sans le moindre souvenir de ce qu'ils avaient fait ou dit pendant les heures sombres.

On disait que, lors de l'accouplement rituel entre l'Homme Vert et la Reine de Mai, les assistants se livraient eux aussi à une intense copulation, point d'orgue de la fièvre générale qui s'emparait de tous durant cette nuit fatidique.

James se prit la tête à deux mains. Son capuchon glissa et il dut le retenir d'un geste rapide pour préserver son anonymat. Les *draoidhean* vivaient à l'insu des terrestres, que ce soit à Édimbourg ou ailleurs. Personne ne devait soupçonner l'existence de leur ordre ni de ses membres dissimulés parmi la population.

Tournant la tête avec une certaine appréhension, James se figea. La Reine de Mai l'appelait toujours, lui faisant signe de la main.

Alors, il céda à la folie de *Bealltainn*.

Sans se poser davantage de questions, il suivit l'esprit de la Reine de Mai sur les sentiers quittant la colline sacrée. Il dérapa, se rattrapa de ses mains, pataugea sur le sol détrempé. Il courut presque pour ne pas perdre l'apparition de vue – et elle se déplaçait très vite.

Il se sentit un peu stupide lorsqu'il atterrit sur le trottoir. À la lueur de l'éclairage public et des phares des rares automobiles sillonnant encore les rues à cette heure tardive, il avait l'air bien incongru avec sa robe de bure et sa capuche abaissée… Un reliquat du passé.

Il talonna la Reine de Mai, qui remontait la piste des points lumineux en direction de Old Town.

Au-dessus de lui, la masse sombre de Castle Hill semblait lui lancer un muet avertissement, qu'il choisit de ne pas écouter.

14

La nuit était belle.

Ensorcelante.

Même affligée d'avoir dû repousser James, Clara s'était laissée gagner par l'ivresse de *Bealltainn*. Ainsi que par celle du vin de myrtilles concocté par Agatha, elle devait bien l'avouer.

Elle dansait avec ses sœurs devant Castle Hill, après avoir déposé des fleurs fraîches devant la Fontaine aux Sorcières.

Elle dansait, dansait, sans plus réfléchir. S'efforçant de ressentir la présence de la Reine de Mai dans la moindre de ses sensations. La fine pluie du début de soirée avait délicieusement rafraîchi l'air, charriant une odeur entêtante de terre et de pierre mouillée.

Clara tournoyait dans sa robe multicolore, en hommage aux fleurs de la Déesse ; les rubans rouges, bleus et jaunes qu'elle avait noués à ses poignets fendaient la nuit tels des feux follets.

Elle sourit aux étoiles. La danse et le vin de myrtille engourdissaient agréablement ses sentiments, ne laissant place qu'à la liesse de célébrer le retour du souffle vital dans la nature, de la montée de la sève, de la généreuse abondance dispensée par la Mère. Un délicieux fourmillement parcourait ses membres. Son souffle était haché, des larmes d'allégresse perlaient au coin de ses yeux. Elle se sentait à la fois insouciante et pleine de sagesse, épuisée et vivante comme jamais. Mais, en tous les cas, ardente d'une flamme nouvelle.

C'était comme si la Vie elle-même coulait dans ses veines.

Brusquement, elle s'arrêta de danser. Un vertige la saisissait… Ainsi qu'une certitude dérangeante.

James était là. Elle l'aurait juré !

Elle scruta les alentours, mais, éblouie par la lueur des torches disposées dans la rue, ne discerna rien à part les silhouettes sombres de quelques badauds, qui se découpaient sur le ciel étoilé ou bien aux fenêtres des immeubles.

Pourtant, l'une de ces silhouettes se détachait des autres. Plus grande. Surmontée d'un étrange capuchon pointu.

Un *draoidh*.

— James ?

Clara se mit aussitôt une main sur la bouche, mais trop tard. Heureusement, personne ne semblait l'avoir entendue. Personne, sauf l'intéressé, bien sûr…

Il s'approcha résolument, et Clara vint à sa rencontre pour éviter qu'il ne se retrouve au beau milieu du ballet des sorcières. Elle ne voyait de lui que son nez et son menton volontaire, rasé de près comme toujours.

Comment osait-il venir ici ? Chercher encore sa compagnie, après la façon brutale dont elle l'avait repoussé ? Elle avait voulu qu'il n'y ait nulle ambiguïté, nul espoir entretenu.

Alors, pourquoi ?

— James, répéta-t-elle sottement une fois près de lui.

— Clara… Je devais vous voir, je crois.

— Comment cela, vous *croyez* ?

— Peu importe, souffla-t-il dans un sourire. Venez, trouvons un endroit plus calme : je ne devrais pas être vu ici. Je suis supposé me trouver à Calton Hill en ce moment.

Comme un automate, Clara le suivit. Sans une question, sans un mot de plus. Ils n'en avaient besoin ni l'un ni l'autre. Elle lui tendit le gobelet de vin de myrtilles, qu'elle n'avait pas terminé, et il y trempa les lèvres. Elle glissa sa main dans la sienne. Naturellement. Et, tout aussi naturellement, James la serra avec douceur.

Ensemble, ils s'éloignèrent dans l'obscurité.

Les pas de Clara étaient mal assurés, mais James, lui, semblait beaucoup plus à l'aise et la guida avec facilité. Ils empruntèrent le passage d'Upper Bow, puis descendirent les escaliers rejoignant Victoria Street et poursuivirent leur chemin vers Grassmarket. Les toits effilés des immeubles, étroitement serrés les uns contre les autres, les dominaient de toute leur hauteur.

Ils n'avaient toujours pas prononcé un mot lorsque Clara, mue par un étrange instinct qu'elle ne voulait pas identifier, entraîna le *draoidh* dans les escaliers de Castle Wynd, qui s'envolaient vers le ciel et le château endormi.

Elle s'arrêta à mi-chemin, un peu essoufflée, et s'assit sur les marches.

— Je suis heureux de vous voir, fit James en prenant place à ses côtés, si près que leurs jambes se touchaient.

— Pourquoi êtes-vous venu jusqu'ici ?

— Peu importe. J'ai pris conscience d'une chose, ce soir : je ne peux faire semblant, Clara. Pas avec vous. La vérité est que je ne cesse de penser à vous. Non, ne me coupez pas ! Écoutez-moi jusqu'au bout, je vous en prie. Je… Bon sang, je n'en reviens pas de me montrer si nigaud !

Il secoua la tête dans la nuit, parut s'apercevoir qu'il portait toujours son capuchon et le retira.

Ses yeux brillaient autant que les étoiles au-dessus de leurs têtes.

— Je ne sais qu'une seule chose, reprit-il en posant sa main chaude sur celle de Clara. Le destin nous a réunis.

— C'est impossible !

Et pourtant… Une petite voix chuchotait perfidement à Clara que telle était la réalité. Elle se sentait liée à James depuis le départ. Ils s'étaient reconnus en pleine foule ; ils avaient bravé le Code pour s'approcher, se découvrir l'un l'autre. Et ce soir, la présence du *draoidh* auprès d'elle était si naturelle que Clara n'en concevait nulle gêne. Nul étonnement, passée la surprise du premier regard.

Elle avait l'impression d'avoir toujours su qu'il viendrait.

Elle devait cependant l'avertir, car lui ne savait pas tout concernant le Code !

— James, il y a quelque chose que je dois vous dire.

— Je me doute de ce que vous allez me dire, que nous ne devons pas nous voir en raison du Code, qu'il faut respecter les règles… Et je vais vous avouer une chose : je me moque du Code !

— Non, il ne faut pas le prendre à la légère !

Il l'interrompit d'un doigt posé sur sa bouche. Clara se pétrifia. Elle laissa l'index du *draoidh* caresser sa lèvre inférieure, descendre lentement jusqu'à son menton, remonter vers son oreille.

— Ce que je veux dire, lâcha James d'une voix plus rauque que d'habitude, c'est que je ne laisserai pas le Code se mettre entre nous. Il y a forcément un moyen de le contourner, de trouver une solution qui nous permettrait de…

— Vous ne comprenez pas : le Code n'a pas été créé pour nous importuner, mais pour nous protéger.

— De quoi ?

— De… Des monstres qui peuvent naître de l'union de nos deux peuples.

Le visage de James s'approcha du sien. Il cherchait la caresse de sa bouche ; Clara n'eut pas le courage de s'écarter et ne recula pas lorsqu'il déposa un doux baiser sur sa bouche. Il l'embrassa plusieurs fois avec douceur, presque chastement, puis murmura contre ses lèvres.

— Ce n'est pas un foutu règlement rédigé il y a huit siècles qui m'empêchera de vous aimer.

Prise de tournis, Clara l'embrassa à son tour. Beaucoup moins chastement. Il répondit à son ardeur en la plaquant contre lui et en caressant sa langue de la sienne, brûlante et impatiente.

— C'est… C'est *Bealltainn*, bégaya Clara lorsqu'ils reprirent leur souffle.

— Peut-être, oui.

Un autre baiser, tout aussi passionné, les empêcha de poursuivre leur discussion.

Clara s'arracha à ses lèvres. Le désir la consumait… Même si elle savait que ce n'était là que la magie de la Déesse, elle ne parvenait pas à raisonner normalement.

— Nous ne pouvons prendre ce risque !

— De quels monstres parliez-vous ?

Nouveau baiser.

— Le druide maudit… C'était le fils d'un *draoidh* et d'une sorcière.

— Ah bon ?

— Son existence a manqué détruire le monde, James. C'est la preuve que nous ne pouvons pas nous unir. Ce simple baiser, Chez Bridget, était une monumentale erreur !

— Je ne peux pas y croire.

— Le risque est trop élevé !

— Alors, pourquoi nous aimons-nous si fort, depuis le premier regard ?

Encore un baiser. Plus long, plus profond que les précédents.

Submergée de sentiments surpuissants qui balayaient tout sur leur passage, Clara ne pouvait que reconnaître la justesse de cet argument. Depuis le début, elle savait. James était celui qui serait lié à elle, certainement pas pour le meilleur, mais sûrement pour le pire.

— Il y a d'autres moyens, glissa-t-il encore à son oreille. Des moyens de non-terrestres…

Là encore, il avait raison. Ils ne feraient rien de mal, s'ils n'engendraient pas d'enfant, n'est-ce pas ? Au fond de l'une de ses poches, elle toucha du doigt son amulette, la pierre chargée de son intention de se protéger de ses propres émotions.

Certains couples n'étaient pas voués au bonheur ni à l'harmonie.

Certains couples n'engendraient rien de bon. James et Clara seraient simplement de ceux-là… Voilà tout. Elle saisit la petite pierre et la jeta au loin. Elle regarda le caillou rebondir sur les pavés de Grassmarket, et James n'osa pas lui demander ce que cela signifiait.

Myrddin a bien aimé sa sorcière ! Pourquoi ne pourrais-je pas aimer mon draoidh, *après tout ? Si tel est notre destin, je l'accepte.*

Dans son sang, dans les battements vigoureux de son cœur, dans ses poumons gonflés d'air et de vie, Clara ressentait tout le poids de sa lignée de sorcières. Tous ses ancêtres se mêlaient soudain en elle ; elle possédait un peu de chacun d'eux, une parcelle de magie de chaque sorcier ou sorcière qui l'avaient engendrée.

La magie coulait dans ses veines.

La magie la faisait vivre. Ressentir. Vibrer.

La magie la poussait dans les bras de James, et elle n'avait aucune envie de lutter.

15

James vit la lueur, dans ses yeux si clairs, au moment précis où elle décida de cesser de lutter contre ses résolutions. Il lui reprit la main, la porta à sa bouche pour déposer un léger baiser au creux de sa paume. Le frisson qui secoua Clara se propagea en lui.

— Viens, lui dit-elle en se relevant.

Elle se faufila sous la rampe de fer de l'escalier et tendit le bras vers lui.

— Alors, viens-tu ?

Une aura d'énergie surnaturelle émanait de son être tout entier ; James pouvait en discerner des flammèches au bout de ses doigts, à l'extrémité de ses cheveux qui voletaient autour d'elle…

Il enjamba la rampe et saisit sa main. Le crépitement électrique qui pétilla dans sa main le traversa, embrasant sa peau.

De la magie pure.

Toujours en silence, ils marchèrent dans le talus herbeux jusqu'à un bosquet. Ils se fondirent dans les ombres bienvenues des frondaisons, dont les feuilles toutes jeunes bruissaient dans la brise nocturne. Dans leur refuge, même les étoiles ne pourraient les voir… Et encore moins terrestres et non-terrestres.

James posa une main au sol, murmura une prière à la Terre en gaélique. Après quoi il s'adressa directement aux semences dissimulées dans le sol.

— Graines portées par le vent, en sommeil dans la chair de la Mère, croissez, épanouissez-vous sans contrainte. Libérez-vous du temps et des servitudes terrestres. Croissez ! Croissez sans attendre.

Une lueur d'un vert phosphorescent environna sa main, puis son bras. Un frémissement parcourut les brins d'herbe, puis un froissement se fit entendre… Il gagna en ampleur, encore, encore, et Clara observa d'un air émerveillé les jeunes pousses d'un vert tendre qui crevèrent la terre pour s'élancer à l'assaut du firmament.

En quelques poignées de secondes, un rideau d'arbres avait doublé le bosquet d'une enceinte végétale impénétrable aux regards. Pour compléter la protection, James créa une bulle d'insonorisation.

— Est-ce un sort ? s'étonna Clara en effleurant la paroi transparente.

— Les *draoidhean* parlent plutôt d'enchantement.

— Cela paraît bien plus solide que notre sort antibruit… La bulle peut-elle durer longtemps ?

— Suffisamment.

James l'enlaça lentement, avec détermination. Elle se laissa faire, accueillant son étreinte avec un bonheur parfaitement lisible dans ses yeux brillants. Elle se lova plus fermement contre lui, respirant son odeur dans le creux de son cou.

James ferma les paupières pour mieux savourer ce moment. Il aimait tant la serrer contre lui ! C'était comme s'ils étaient chacun à leur place dans l'univers.

Il s'apprêtait à l'embrasser lorsqu'elle parut se souvenir brusquement de quelque chose.

— Oh, attends !

Elle libéra l'une de ses mains, sortit de sa poche une petite baguette de bois clair. Elle l'utilisa pour tracer rapidement un signe dans les airs. Tout autour d'eux, les feuillages se figèrent.

— Nous serons plus sereins, ainsi.

— Les sorcières ne peuvent-elles sentir que tu as activé ce sort ? s'inquiéta James.

Elle secoua la tête et déposa un baiser sur son menton.

— Non. Elles ne peuvent pas : je suis la seule enrouleuse de temps de la confrérie.

James enfouit une main dans ses longs cheveux noirs, charmé par leur douceur.

— Ma sorcière… Ma douce sorcière.

Elle disait vrai : s'ils n'engendraient pas d'enfants, il n'y avait aucun risque. Aucune raison de craindre le Code. Et il existait tant d'autres moyens, pour eux, de s'aimer en toute sécurité !

Il commença par agiter de la main les particules d'air, autour d'elle, afin de la caresser d'une légère brise. Clara soupira d'aise, souriant contre sa robe de bure. James lança un baiser dans l'air et demanda au vent ainsi créé de le déposer partout sur le corps de Clara.

— Oh, par la Déesse ! s'exclama-t-elle dans un sursaut. C'est… C'est délicieux.

Elle tendit le cou pour mieux exposer sa peau tendre aux baisers enchantés de James, qui sentait déjà grandir en lui une faim particulière. Mélange de désir physique et de soif d'énergie naturelle, empruntée aux arbres, aux rochers, à la terre et, plaisir suprême, à la lueur tremblotante des étoiles qu'il savait bien présentes, dérobées à ses regards par les branches enchevêtrées de leur cocon végétal. Les sorcières n'étaient pas les seules à apprécier la magie… Même en contrôlant ses besoins, même sans en être dépendant, James devenait avide d'énergie.

Il grogna en sentant les mains de Clara sur son dos.

— Des sorts, juste des sorts ! Rien de physique.

— Oh, bien sûr… Je suis désolée.

Elle rit tout bas, ce qui attisa davantage son envie d'elle. Reculant d'un pas, Clara agita sa baguette tout en plaçant l'une de ses mains devant James, à quelques centimètres de son torse. Il sentit une douce chaleur irradier de sa paume, l'envelopper tout entier.

— C'est agréable, reconnut-il.

— Attends un peu.

En effet, ses sensations évoluèrent de bien étrange façon. La baguette s'agita plus vite. Son extrémité produisit une douce lueur et James eut soudain l'impression d'être touché. Réellement *touché*. Comme si une main fantôme entrait en contact avec sa peau. Clara déplaça sa main vers son épaule, son bras, descendit vers son ventre.

C'était une douce brûlure, un sillon de feu dévastateur qui enfiévrait ses sens…

C'était divin.

Réprimant un autre grognement, James se mordit les lèvres. Il invoqua l'esprit du lierre, et aussitôt deux lianes jaillirent du sol dans une explosion de terre pour emprisonner les chevilles de Clara. Elles remontèrent ensuite lentement, s'enroulant voluptueusement autour de ses jambes…

— Bien joué, *draoidh*… Mais connais-tu ce sort ?

La sorcière marmonna quelque chose en mimant un geste de déroulement, et James sentit les coutures de son vêtement s'étirer, se distendre. D'un seul coup, elles craquèrent et il se retrouva en chemise et pantalon, sa robe de bure en boule à ses pieds.

— Pas mal du tout. Et ceci ?

James accumula l'énergie sous ses deux paumes ouvertes, tournées vers le ciel. Il la projeta ensuite sur le sol, où une source d'eau chaude explosa en un puissant geyser. Entièrement trempée, Clara éclata d'un rire clair.

— C'est pour m'obliger à quitter mes vêtements ? Rusé, comme méthode.

— Au moins, on ne risque pas de prendre froid.

James rejoignit Clara au centre du jet d'eau. Il s'arrêta à un pouce d'elle, de façon à pouvoir sentir sa chaleur, son trouble, à travers sa chemise mouillée. Levant un doigt, il fit se décrocher une feuille de bouleau qui voleta jusqu'à sa main ouverte. Il en effleura le front de Clara. Ensuite, le sien.

— Tant que nous demeurons dans cet abri, tu es mienne et je suis tien.

— Tu es mien et je suis tienne, répéta Clara d'une voix hachée.

Ils tremblaient tous deux, mais pas de froid.

Sans se toucher physiquement, ils s'effeuillèrent l'un l'autre en utilisant leurs magies : sort de déroulement pour Clara, sortilège de défoliation pour James. Le seul contact, entre eux, passait par le regard.

Sans ciller, sans se quitter des yeux une seule seconde, ils se retrouvèrent nus et face à face.

Un duel de pouvoirs allait s'engager… Et ni l'un ni l'autre ne souhaitait autre chose qu'éprouver la magie de l'autre, se laissait vibrer à son diapason. De sa baguette qui traça de mystérieux signes dans les airs, Clara créa l'illusion d'une bouche sur la peau de James. Une bouche qui embrassait et goûtait tour à tour, de sa langue invisible, les gouttes d'eau tiède qui ruisselaient le long de ses muscles fins, de son torse puissant, jusqu'à se perdre dans le sillon de poils bruns démarrant à son nombril.

James émit un feulement à mi-chemin entre plaisir et souffrance lorsque Clara projeta son sort un peu plus bas encore. Elle s'arrêta au niveau de l'aine, le laissant au supplice.

Il répliqua par un enchantement de relâchement qui obligea Clara, sans forces, à glisser lentement au sol où il la rejoignit. Toujours sans la toucher, il s'ingénia à lui procurer les plus exquises sensations en manipulant les quatre éléments. Le souffle du vent sur sa peau nue, la caresse du lierre à des endroits interdits… L'eau chaude, retombant en pluie sur son corps qui se tortillait d'extase sur l'herbe gorgée d'eau. Le feu du désir, que par ses délicates attentions il faisait gonfler comme la sève monte dans les plantes en cette nuit de *Bealltainn*.

Clara hurla son nom en se cambrant, moite de désir.

Il ne cessa pas. Elle cria, le supplia de la toucher pour de bon, mais il tint bon…

— Oh, par la Déesse !

16

Clara revint difficilement à elle. La sensation de volupté était bien trop plaisante… La quantité d'énergie druidique qui circulait dans son corps était si grande, sa puissance si éclatante, qu'elle se sentait flotter dans les airs entre les toits de la ville et les étoiles scintillantes. Si elle ouvrait les yeux, elle voyait des corbeaux voler à ses côtés. Funeste présage, quoique porteur de sens : c'était l'oiseau de Lug, le messager de la terre et l'ami des sorciers. Il annonçait souvent des désastres.

James et Clara venaient d'enfreindre le Code, alors des corbeaux étaient tout à fait appropriés, songea la sorcière en prenant son envol pour observer la ville de plus haut.

Le vortex de Calton Hill était là, grondant et tourbillonnant au-dessus des toitures grises endormies. Clara ressentit comme un coup de fouet l'aura de puissance qui l'entourait. Le maelström vert l'attirait comme la flamme un papillon de nuit : elle aurait voulu s'approcher, tendre la main vers ce maelström d'énergie pure dans le fol espoir d'en recevoir une parcelle… Rien qu'un tout petit éclat de magie l'emplirait de béatitude, elle le savait d'instinct.

Rêvait-elle ? Souffrait-elle d'hallucinations liées à un trop-plein de magie ?

Certainement. C'était la seule explication à ses visions étranges et à sa grisante euphorie.

Clara ?

Qui était-ce ? Ce n'était pas de la télépathie car elle entendait réellement cette voix. Masculine, toute proche. Elle se força à réfléchir, mais rien ne venait… Sans doute était-ce encore une invention de son esprit.

Elle s'élança encore un peu plus haut, effleurant au passage les plumes soyeuses des corbeaux qui l'accompagnaient toujours. Ils tournaient autour d'elle dans des cercles de plus en plus serrés.

Clara !

Cette fois, elle douta. Et si on l'appelait vraiment ? Si on avait besoin d'elle ? Elle ne voyait pas, toutefois, pour quelle raison on aurait eu besoin d'elle. Pour les préparatifs de *Bealltainn*, peut-être ?

Bealltainn !

Elle se souvint. De la cérémonie, des fleurs, de la danse effrénée, d'un capuchon pointu qui fendait la foule pour s'approcher…

Clara, reviens.

Elle n'avait ni l'envie ni la force de bouger. Elle ne pouvait plus se déplacer, ni monter, ni descendre. À chacun de leur passage, les corbeaux la fixaient de leurs petits yeux noirs et luisants.

Clara sut qu'elle devait partir. Fuir ces volatiles de malheur qui ne lui voulaient aucun bien ! Ils étaient si proches désormais qu'ils l'empêchaient de bouger, et même d'étendre un bras. Ils se mirent à croasser, couvrant le son de la voix qui continuait à la héler, quelque part dans l'obscurité.

Clara commença à avoir peur. Elle voulut appeler à l'aide, mais n'y parvint pas.

Les oiseaux l'encerclèrent d'encore plus près, la heurtant de tous côtés. Elle tenta de se protéger de ses bras, sans succès. Elle reçut des coups de bec acérés, des griffures de serres.

La panique la saisit. Elle se débattit, sa bouche s'ouvrit sur un cri muet. Avalé par la cacophonie autour d'elle.

Le bruissement de leurs ailes devint assourdissant. Tonitruant. Elle ferma les yeux, terrifiée.

James ! hurla-t-elle en pensée.

— James ? marmonna Clara avec difficulté.

Elle avait toujours les yeux fermés, mais le silence régnait. Les corbeaux étaient partis. Envolés. Enfuis, dans la réalité parallèle d'où ils étaient issus.

Le soulagement fut tel qu'elle sentit une larme couler sur sa joue, bien vite cueillie par une grande main réconfortante. Elle poussa son visage dans cette paume chaude, recherchant désespérément un peu plus d'apaisement, de sécurité… Elle avait eu si peur !

Elle bougea légèrement, s'aperçut qu'elle était nue et allongée dans l'herbe. Une herbe mouillée, tiède. Sa baguette gisait près de sa main.

— Clara… Reviens vers moi, ma douce.

Enfin, elle parvint à soulever les paupières.

James la couvait du regard, un sourire tendre adoucissant ses traits virils. Nu, lui aussi.

— Par la Déesse ! Ce n'était pas réel.

— Quoi donc, ma sorcière ?

— Les corbeaux. Il y avait des corbeaux, et… Peu importe.

— Raconte-moi, fit-il en s'allongeant tout près, glissant ses bras autour d'elle.

— Non, ce n'était rien. De simples hallucinations. Je crois que j'ai reçu une surdose d'énergie druidique !

— Oh, je suis désolé…

C'était faux. Son large sourire en était la preuve. Clara pouffa et se lova tout contre lui. Elle enfouit le nez dans la douce toison de son torse et se gorgea de son odeur de feuilles, de pluie, d'herbe coupée. Une odeur de *draoidh*, certainement.

— C'était incroyable, James ! Incroyable. Je crois que mon esprit s'est envolé quelques secondes, ou quelques minutes.

Il lui embrassa le front.

— J'ai vu ! Tu m'as fait peur, je craignais que tu ne reviennes pas. Tu avais l'air si…

— Ailleurs ?

— Heureuse. Mais un peu perturbée, juste avant ton retour. Tes hallucinations étaient-elles terrifiantes ?

Elle hocha la tête, haussa les épaules entre ses bras. Une autre question titillait sa curiosité.

— C'était la première fois, que tu faisais cela ?

Il acquiesça en déposant une pluie de baisers sur ses cheveux humides, emmêlés.

— J'avais entendu parler de certaines propriétés érotiques des sorts et des enchantements… Je crois que ceci est maintenant vérifié.

— Effectivement.

— Clara ?

— Mmmh ?

— Est-ce que tu étais sérieuse, quand tu as parlé du risque d'engendrer des monstres ?

Après un soupir, elle lui raconta tout ce que Bleiz lui avait appris. Les origines du Code, la naissance du druide maudit, le rôle du Grand *Draoidh* Fraoichan. La décision de réglementer les relations entre *draoidhean* et sorcières afin que plus jamais un tel monstre ne vienne au monde.

James ne dit rien. Il n'en avait pas besoin, car Clara savait exactement quelles émotions le traversaient : étonnement, crainte, espoir.

Ils étaient liés tous deux, à présent.

Clara ne regrettait rien, toutefois, convaincue que là était leur destin. Elle embrassa amoureusement le torse de James, qui gémit de plaisir. Déplaçant l'une de ses jambes, elle s'aperçut de l'état d'embrasement du *draoidh* qui, lui, n'avait pas été assouvi.

— Pardonne-moi, j'aurais dû y songer avant…

— De quoi parles-tu ?

— À toi, maintenant.

Avec un sourire mutin, elle se saisit à nouveau de sa baguette. Elle traça lentement un signe dans les airs, puis propulsa vers sa virilité déjà gonflée un sort de croissance qui précipita James dans des abîmes d'extase.

Lorsque James eut à son tour cédé à l'alanguissement, Clara le regarda dormir. Sa vulnérabilité, alors qu'il était nu et sans défense, plongé dans un profond sommeil, le rendait plus séduisant encore. Il aurait suffi d'un petit sort d'inconscience pour que…

Clara sursauta, reprenant subitement ses esprits. La fatigue, tant physique qu'émotionnelle, semblait obscurcir ses facultés de raisonnement !

Elle ferma les yeux pour s'endormir à son tour. La quiétude de leur abri ne durerait pas, mais elle était bien décidée à en profiter autant qu'elle le pouvait.

Soudain, elle vit le vortex.

Clara rouvrit les paupières.

Par la Déesse ! Que m'arrive-t-il ?

Le cœur battant, elle tenta à nouveau l'expérience… Et revint bien vite à la réalité, saisie d'effroi.

Dès que ses yeux cessaient de voir le monde qui l'entourait réellement, ils lui montraient la colline de Calton Hill surmontée de ce tourbillon d'un vert pâle aux attractives volutes. Des méandres fascinants, hypnotiques. En les regardant un peu trop longtemps, Clara avait l'impression de sombrer…

Elle retourna au moment présent dans un sursaut. Décidément, la surdose d'énergie dont elle s'était délectée avait laissé des traces : elle était tourmentée par l'obsédante vision du vortex. Quelque chose l'attirait là-bas.

La magie, bien sûr. La Sève des Sorcières. Les détracteurs de leur confrérie les accusaient d'avoir développé au fil des siècles une dépendance à la magie, à l'énergie leur permettant de réaliser sorts et rituels… Clara n'avait jamais pris ces fadaises au sérieux, jusqu'à aujourd'hui.

Cette nuit, elle souffrait d'un tel manque qu'elle aurait pu tuer pour ressentir encore un petit peu de magie dans ses veines. Peut-être pas tuer, se reprit-elle, mais au moins blesser… Balayer les obstacles. Elle aurait tout donné pour un peu plus d'énergie paranormale ! Un tout petit peu.

Peut-être que si j'éveillais James…

Il dormait toujours, son visage volontaire amolli par le sommeil. Clara sourit en discernant la vague image résiduelle du petit garçon qu'il avait été.

Accepterait-il de lui donner encore un peu de magie ? Juste un petit enchantement. Simple, rapide.

Non, elle divaguait totalement !

Clara se pelotonna contre le grand corps de James, s'enivrant de son odeur de *draoidh*.

Elle avait besoin d'autre chose. De *Sève des sorcières*.

Brusquement, une idée lui vint… Une idée épouvantable. Elle vit la main de James, posée sur sa cuisse à elle ; sa main droite. Celle qui lui avait servi à recueillir les flux d'énergie de la terre et des végétaux. Clara l'avait bien vu. Alors… Si elle prenait cette main dans la sienne en prononçant une formule de téléportation, peut-être qu'un peu d'énergie résiduelle entrerait dans son esprit ?

Non ! Ce serait du vol. De la profanation de pouvoirs.

James était endormi, sans méfiance, après leur fabuleux échange de jouissance physique… Il était hors de question de profiter ainsi de lui ! Qui s'abaisserait à une telle horreur ?

Justement, susurra une vilaine voix dans l'esprit de Clara. *Il dort : il n'en saura rien.*

Sa main était tout près de la sienne. Il lui suffirait de la déplacer de quelques pouces pour que leurs doigts se touchent. Pour tenter l'expérience. Après tout, cela ne fonctionnerait peut-être pas et il n'y aurait aucune conséquence à sa curiosité !

Clara toucha la main de James, et fut aussitôt engloutie par un raz de marée de pure puissance.

17

James s'éveilla en sursaut. Une frayeur inexplicable lui tordait les entrailles.

— Clara ? Tu es là ?

Aucune réponse. Elle avait disparu, sans ses vêtements qui gisaient toujours pêle-mêle aux siens. L'herbe humide portait encore la trace de son corps. Sa baguette, elle, n'était plus là.

James ne perdit pas de temps à l'appeler une nouvelle fois. Elle devait être loin, à cette heure, et totalement hors de contrôle.

Les picotements que James ressentait au bout des doigts, conjugués à l'affreux martèlement qui prenait de l'ampleur derrière son front, étaient assez parlants. C'était là les symptômes de la veisalgie, sorte de gueule de bois druidique, quand on avait abusé de ses pouvoirs ou trop puisé dans les énergies de la nature pour son propre usage... Au début de sa formation, comme tous les *draoidhean*, James en avait parfois fait l'expérience.

Il se maudit pour avoir ciblé Clara d'une trop grande charge d'énergie. C'était une sorcière, par le grand Dagda ! Les sorcières étaient dépendantes à la magie, tout le monde savait cela.

Quel idiot je fais ! Il faut que je la retrouve, et vite.

Il se rhabilla en vitesse, détruisit la bulle d'insonorisation et fonça dans la nuit finissante, à la recherche de sa sorcière égarée.

Malheureusement, James n'eut pas à chercher bien longtemps.

À peine eut-il quitté Grassmarket pour remonter vers Castle Hill qu'une lueur anormale attira son attention vers le nord. Vers Calton Hill.

Oh, Dagda, non ! Pas ça...

Il s'élança dans les rues, désertées par les célébrants de *Bealltainn* et pas encore sillonnées par les habitants les plus matinaux.

Il s'était montré beaucoup trop confiant ! Beaucoup trop candide.

Même si Clara avait été sincère avec lui, et de cela il ne doutait plus, elle n'était qu'une sorcière, après tout. Aucune sorcière ne pouvait résister à la tentation : elles étaient ainsi faites qu'elles recherchaient toujours plus de magie, plus de source d'énergie paranormale. Plus de pouvoir, aussi. Pour Clara, ce dernier point ne semblait pas pertinent… Toutefois, elle n'avait pas pu surmonter sa faiblesse naturelle.

Elle a puisé dans mon énergie. Voilà pourquoi je me sens vidé.

C'était ni plus ni moins qu'un vol ! Une odieuse rapine d'une extrême fourberie, et qui expliquait sans doute le départ précipité de Clara… Elle n'avait même pas pris la peine de réintégrer ses vêtements ! L'autre hypothèse glaça James jusqu'au sang. Il espérait de tout son cœur que Clara n'avait pas été transmutée.

Non, pas elle ! Pas ma Clara.

Il tourna dans Blair Street sans ralentir. Il allait couper au plus court pour rejoindre la grande route de North Bridge et quitter Old Town. Il fallait qu'il retrouve Clara ! Qu'il constate les dégâts de ses yeux. La seule pensée de ce qu'elle avait pu devenir le rendait fou.

Les Corrompus, anciens *draoidhean* ou sorciers ayant subi une trop forte charge de magie, étaient changés à jamais. Métamorphosés en créatures surpuissantes. Redoutables. Le druide maudit dont tous craignaient le réveil était un bon exemple de Corrompu… Sauf que dans son cas, il semblait avoir subi sa transmutation dès sa naissance, de par l'identité de ses parents. L'union des druides et des sorcières engendrait-elle automatiquement des Corrompus ?

Peu importe : seule Clara compte, pour moi. Je ne la laisserai pas devenir une Corrompue !

James parvint enfin en vue de Calton Hill, et ce qu'il vit le figea d'horreur.

Le vortex, normalement invisible dans la dimension humaine, vrombissait au-dessus de la colline sacrée. De ses méandres verdâtres fondus dans la grisaille du ciel se détachait un mince filet d'énergie qui partait droit vers Calton Hill, semblable à la colonne d'une tornade.

Clara.

Elle puisait directement dans le vortex.

Cette fois, une sourde colère s'empara de James. Il se remit à courir avec un regain de vigueur, déterminé non seulement à sauver Clara de la corruption, mais aussi à l'éloigner pour de bon de la colline sacrée des *draoidhean*.

18

Personne ne touchait à Calton Hill.

Elle appartenait aux *draoidhean* depuis des siècles. Depuis que ces sottes de sorcières avaient fait les frais de la vindicte populaire, avaient été persécutées et brûlées en masse en face du château ou à Grassmarket… Leur manque de discrétion, leur soif de pouvoir les avaient conduites à la ruine.

Tant pis pour elles.

Aujourd'hui, Calton Hill était enfin revenue aux *draoidhean* d'Édimbourg, à qui elle avait été confiée à l'aube des temps.

Ni Clara, ni personne ne toucherait au passage entre les mondes.

James atteignit enfin le sommet de la colline, à peine essoufflé. Sa rage suffisait à le maintenir alerte et plein d'ardeur. Il contempla un instant Clara, ou la personne qu'elle était désormais…

Nue, les bras levés devant les colonnes du National Monument, elle était en train d'aspirer l'énergie du vortex. Le carburant du passage entre les mondes, capté par ses mains ouvertes, pénétrait sous sa peau et remontait le long de ses bras.

Elle lui tournait le dos. Ses longs cheveux noirs tourbillonnaient autour d'elle, comme soulevés par une bourrasque surnaturelle.

Sa petite baguette de bois clair était tombée au sol.

Brisée. Inutile.

Clara n'en avait plus besoin, à présent : elle était devenue si puissante !

James fit un pas en avant.

Il fallait arrêter ça, par n'importe quel moyen.

— Clara !

Elle ne réagit pas.

— Clara, c'est moi ! Regarde-moi.

Toujours rien.

La tête renversée en arrière, en extase, la sorcière paraissait à mille lieues du présent… En pleine transe mystique. L'air était surchargé d'ozone et d'électricité statique. Si on n'agissait pas, le vortex, attiré dans la dimension humaine par le corps de Clara qui lui servait de point d'ancrage, deviendrait accessible. *Visible.* James et ses compagnons *draoidhean* œuvraient dans l'ombre pour que jamais une telle catastrophe ne se produise ; les terrestres ne devaient en aucun cas apprendre l'existence du monde paranormal autour d'eux ! Et le passage ne devait pas s'ouvrir, sous peine de voir débarquer de terribles créatures.

Clara risquait sa vie. Corrompue ou non, elle était directement connectée à l'équivalent d'une centrale électrique. Elle ne tiendrait pas longtemps.

James réfléchit à toute vitesse. Que faisait-on contre un appareil électrique en surchauffe ? Il n'en possédait aucun, pour sa part, mais…

On le débranche.

Saisissant une pierre sur le sentier, James la lança de toutes ses forces et atteignit Clara à l'épaule.

Elle se retourna, en fureur, et brisa de ce fait le lien avec le vortex.

— Clara ?

Elle était méconnaissable. Il ne restait rien, en elle, de la timide jeune femme dont James s'était épris. Ses beaux yeux clairs étaient entièrement noirs. Les cheveux dressés sur la tête, la peau aussi pâle qu'un cadavre, marbrée de zones bleutées qui paraissaient en putréfaction, elle était parcourue d'éclairs d'énergie qui grésillaient sur son épiderme nu. Une odeur de chair roussie prit James à la gorge.

Elle est dévorée par la magie. Elle ne peut plus s'arrêter : son corps physique sera bientôt détruit.

— Clara, écoute ma voix.

Un éclair fusa depuis ses doigts sans qu'elle esquisse un seul mouvement. James l'esquiva de justesse, puis considéra la sorcière avec stupéfaction. Sa pensée suffisait désormais à créer des sorts. Elle n'avait plus besoin de demander l'aide de quelque puissance supérieure.

Elle *était* la magie. La magie noire.

James comprit avec horreur qu'il ne pouvait rien faire pour éviter l'affrontement.

Qu'il en soit ainsi.

Ployant un genou, James posa une main à terre pour invoquer les puissances chtoniennes les plus anciennes, les plus sauvages qu'il connaissait. Son autre main dessinait des volutes dans les airs, bientôt environnée d'éclairs dorés comme l'air et le feu répondaient eux aussi à son appel.

— Clara, tenta-t-il une dernière fois, sa voix rendue plus grave par le soudain afflux d'énergie primordiale dans son corps. Clara, ne m'oblige pas à utiliser la force… Arrête tout de suite. Éloigne-toi du vortex, et…

Un autre éclair frôla James. Il avait dévié le tir d'un geste réflexe.

— Tu l'auras voulu.

Il ne put se retenir d'envoyer un message mental ; s'il restait quelque chose de la Clara qu'il avait aimée, peut-être l'entendrait-elle ? Il s'accrochait à ce fol espoir.

Adieu, ma sorcière… Je t'aime, tu sais. Tu ne me laisses pas le choix.

Et James se redressa en envoyant une boule de feu droit sur Clara.

19

Un cri suraigu déchira l'air. Un cri de rage et de fureur, presque animal. Porteur d'une frustration indicible.

Clara tourna vers James un visage tordu par la haine.

Ensuite, ce fut comme si les enfers se déchaînaient sur Terre. Le sol trembla ; dans le même temps, des sphères de lumière d'un rouge sombre zébré de nuées noires fusèrent de tous côtés. Clara n'avait qu'à tendre la main pour envoyer un nouveau projectile meurtrier.

James parvint à éviter la plupart des attaques et érigea hâtivement un bouclier d'énergie terrestre pour intercepter les autres.

Tout allait si vite… Clara était d'une puissance extrême. Ses sphères rouge et noir détruisaient toutes leurs cibles : arbres, rochers, bâtiments, tout explosait à leur contact. Une colonne du National Monument s'était déjà effondrée, et deux autres portaient des éclats plus larges que des roues d'automobiles.

Le sol sauta non loin de James comme sous un impact d'obus, projetant sur lui des gerbes de terre. Il roula sur lui-même et plaqua une main sur le sol en prononçant une prière en gaélique.

Il esquiva une autre attaque, hésita sur les paroles. Les mots se pressaient sur ses lèvres dans un désordre déroutant. Il recommença, encore une fois. Cette fois il parvint à formuler sa demande et enfin, une barrière d'humus s'érigea entre Clara et lui. Les sphères sombres entamaient sa croûte sans réussir à la percer.

James souffla, reprenant des forces en se connectant rapidement aux végétaux qui l'entouraient. Un nuage d'un vert vif s'envola vers lui, depuis les arbres les plus proches, pour s'enrouler autour de lui. Aussitôt, il ressentit une fraîcheur revigorante. La fatigue s'envola de ses muscles.

Revivifié, il abattit la barrière de terre, prenant Clara par surprise, et lui envoya un sort de bannissement.

Elle cria encore en sautant sur le côté, telle une *Bean Sith*[23] furieuse. Et elle reprit ses attaques sans laisser paraître le moindre sentiment humain. James n'était même pas sûr qu'elle soit consciente de ses actes…

Elle n'était plus qu'une Corrompue. Une créature altérée par la magie noire.

James avait juste le temps de se protéger, de parer les coups, sans réussir à placer le moindre assaut. Il se mit à envoyer des boules de feu au hasard, espérant la déconcentrer suffisamment pour qu'elle ralentisse le rythme.

Un nouveau hurlement furibond explosa lorsqu'il dévia encore un trait mortel, grâce à une bourrasque.

James ricana.

— Tu croyais donc que ce serait si facile de m'abattre ? Je ne compte pas te faciliter la tâche !

Brassant l'air du bras, il envoya une violente rafale sur son ancienne amante. Clara vola dans les airs avant de retomber, à moitié assommée par sa chute. Le déferlement de magie dans ses veines stimulait tant son pouvoir naturel qu'elle s'en sortit néanmoins sans une égratignure.

Il allait être difficile de la maîtriser sans la tuer…

James sentit sa gorge se serrer. L'idée même de faire du mal à Clara lui répugnait : il croyait encore sentir ses bras autour de son cou, ses baisers sur son torse, entendre ses petits soupirs alors qu'il la conduisait sur le chemin du plaisir. L'évidence le frappa. S'il ne lui avait pas procuré autant d'ivresse magique, justement, ils n'en seraient pas là !

C'est ma faute. Et maintenant, c'est Clara qui doit payer pour mes erreurs…

Il n'eut pas le loisir d'approfondir ses réflexions. Clara arracha soudain un énorme rocher à la terre et aux racines, avant de le soulever dans les airs d'un geste du bras.

---

23 Banshee, créature féminine surnaturelle issue de la mythologie celtique. Messagère de l'autre monde, la banshee est supposée hurler pendant la nuit pour annoncer une mort prochaine.

— Par tous les dieux !

James tendit les mains en avant, créant un champ de force qui retint le rocher au moment où la sorcière le projetait sur lui ; il resta là, suspendu dans les airs, bousculé par leurs deux poussées.

Puisant dans toute l'énergie dont il disposait, James se sentait pourtant faiblir rapidement. Le déploiement de magie était épuisant… Il devait trouver une solution pour neutraliser Clara le plus vite possible. Avant qu'il ne soit trop tard.

— Clara, écoute un peu ! Est-ce que tu sais ce qui a quatre pattes et cent-vingt dents ? Non ? Même pas un petit essai… ?

Le rocher s'avançant davantage au-dessus de sa tête, il le repoussa fermement.

— Un crocodile ! Et qu'est-ce qui a cent-vingt jambes et quatre dents ?

Clara feula comme un tigre avant de propulser le rocher de plus belle… James tint bon, mais grimaça de douleur sous l'effort. Une goutte de sueur coula le long de son nez. Il s'ébroua pour la chasser, refusant de se laisser distraire.

— Un sabbat de sorcières ! Il paraît que les sorcières sont de vieilles choses puantes, pleines de poils et de verrues. Tu sais pourquoi ? Parce que… Elles ont fini par ressembler aux crapauds qu'elles embrassent chaque soir, à défaut d'avoir un mari.

— C'est ça que les *draoidhean* font pour tromper leur ennui ? Ils se racontent des plaisanteries stupides ?

Enfin ! Une réponse. La voix de Clara, basse et rocailleuse, était vraiment terrifiante, mais peu importait : elle avait parlé. James pouvait communiquer avec elle… Il remercia intérieurement ses camarades d'école pour les histoires de sorcières qu'ils se racontaient entre deux cours, et poursuivit sur sa lancée.

— Mais c'est qu'elle parle, la petite sorcière ! Est-ce que tu sais pourquoi on croise de plus en plus de sorcières fluorescentes, la nuit ?

— Tais-toi !

— Parce que leurs balais se prennent dans les lignes électriques. C'est beau, la modernité, il faudra penser à troquer vos balais contre de véritables automobiles.

— Tais-toi et va-t'en ! Laisse-moi finir ce que j'ai commencé.

— Jamais.

— Alors, que tu périsses !

Elle propulsa le rocher de toutes ses forces, mais ne soigna pas sa trajectoire : le projectile détruisit deux colonnes de plus du National Monument. Sous la pluie de débris qui s'écrasa sur son bouclier, James sourit sans lâcher le regard de la sorcière.

Il avait réussi à l'exaspérer.

Il fit quelques pas vers elle, de plus en plus assurés.

— Non. C'est toi qui vas quitter ce lieu, qui t'est interdit. Pars, maintenant, et tu auras la vie sauve.

Un rire dément monta de sa gorge, si éraillé que James lutta contre l'envie de créer une bulle d'insonorisation juste pour ne plus subir ce son discordant. Pour toute réponse, elle jeta une autre de ses sphères mortelles droit sur lui.

D'un geste réflexe, il envoya un débris du rocher qui s'était écrasé plus tôt sur le National Monument sur le globe rougeâtre, qui explosa en vol.

Le minéral… C'est le minéral, la solution !

Chaque sort possédait un contre-sort. Le feu, l'air et la terre n'avaient pas d'effet sur les sortilèges de Clara, ou trop peu ; l'énergie minérale, en revanche, semblait capable de détruire sa magie noire.

James rassembla d'un geste large tous les débris tombés à proximité, qui se groupèrent sagement à ses pieds. Fort de sa découverte et de son stock de munitions, il donna un nouvel ultimatum à Clara.

— C'est ta dernière chance : pars, quitte Calton Hill sans faire d'histoire.

Elle rugit, tel un fauve blessé. Et rassembla une boule d'énergie crépitante, de ce même rouge mêlé de noir, entre ses deux mains.

Par le grand Dagda, elle ne s'arrêtera pas.

James ne pouvait se résoudre à la tuer. Elle était sa faiblesse… Son talon d'Achille. Les dieux lui pardonnent, il se sentait incapable de trancher le fil de ses jours. Il n'en aurait jamais la force.

— Ne m'oblige pas à faire ça, murmura-t-il en se préparant à catapulter sa pluie de pierres. Je t'en prie, Clara. Ne m'oblige pas à faire ça !

La sorcière hurla, lança ses bras vers James, et…

Il répliqua par automatisme.

Tandis que les pierres pleuvaient sur Clara, l'ensevelissant sous un épais nuage de poussière, James crispa les paupières sur les larmes acides qui lui brûlaient les yeux.

20

Elle vivait.

Par la barbe du Grand Dagda, elle vivait encore ! Un pouls faible mais régulier battait sur son poignet.

James se hâta de dégager la main émergeant du tas de pierres, puis le bras, l'épaule. Ensuite, la deuxième paume de la sorcière apparut à son tour. Il s'écorcha sur les arêtes tranchantes des roches les plus grosses, sans se soucier des filets de sang qu'il laissait sur les pierres ainsi que sur les mains de Clara.

Elle remua faiblement, et l'une de ses paumes atterrit sur le torse de James. Pile à l'emplacement de son cœur.

Il frémit.

Quelque chose venait de se produire. Un éclat de magie était passé en lui... Il éloigna la main de Clara avec précautions, attentif au moindre changement en lui.

Il ne perçut rien, à part une vivacité redoublée. Aucune trace d'ombre, de soif de pouvoir, ni d'énergie noire. C'était de la magie blanche. Elle était entrée dans son cœur, au plus intime de sa personne, et rien ne pourrait l'en faire sortir. Sans doute était-ce l'ultime présent de Clara, qui sombrait dans l'inconscience.

— Non ! Clara, reste avec moi. Si tu m'entends, je t'en supplie, laisse ma voix te guider. Reste avec moi !

Pourvu qu'elle ne soit pas partie pour l'autre monde... Pas à cause de lui. Il ne le supporterait pas. Il ne pourrait pas accepter d'endosser sa responsabilité dans le trépas de la femme qu'il aimait, quelles que soient les circonstances.

Peu importait, qu'elle ait essayé de le tuer. Peu importait, qu'elle soit une Corrompue, devenue incontrôlable : il fallait juste qu'elle survive. James ne demandait rien de plus, n'attendait rien de plus des forces de l'univers.

Le visage de Clara émergea. Plus blême que jamais, couvert d'une épaisse couche de cette roche pulvérisée qui s'infiltrait partout.

James toussa, les poumons en feu. Il ne ralentit pas sa tâche pour autant, ne s'arrêtant que lorsque le corps de Clara fut entièrement dégagé.

Il resta là, à tenir sa tête sur ses genoux repliés, tout en laissant libre cours à ses larmes.

— Ma Clara... Pourquoi a-t-il fallu que tu cèdes à la tentation ? Pourquoi t'en es-tu prise au vortex ?

Il essuya ses yeux d'un geste vif, jeta un regard au portail en question. Il n'avait pas bougé. Il était toujours là, à moitié visible sur le ciel cendré précédant l'aube. Les *draoidhean* allaient devoir y remédier rapidement – avant le réveil des premiers terrestres, qui risquaient de l'apercevoir depuis leur fenêtre.

James envoya un appel mental à Sir Duncan, et comprit qu'il était déjà en route pour Calton Hill. Il avait certainement perçu l'essentiel des événements. Une intrusion de sorcière dans l'espace sacré, une fuite d'énergie au sein du vortex, doublé du rapprochement de ce portail de la dimension terrestre... James ne comptait pas lui en révéler davantage.

Le reste ne concernait que Clara et lui.

Il serra un peu plus sa tête contre son torse, résista cependant à l'envie de lui embrasser le front. Elle n'était plus *sa* Clara, seulement une Corrompue dans un état critique.

Un tourbillon de vent tournoya autour de James ; un tourbillon étrange. Magique.

Va-t'en, draoidh *! Je vais m'occuper d'elle.*

Un télépathe ? James fronça les sourcils.

— Qui êtes-vous ? Une sorcière ? Un... Un sorcier ? Il n'y en a plus à Édimbourg depuis des siècles !

Veux-tu sauver Clara ? Son sort t'importe-t-il encore ?

— Bien sûr !

Alors, laisse-moi emmener Clara. Pars, avant que tes amis draoidhean n'investissent les lieux à leur tour. Accorde-moi quelques minutes pour emporter Clara loin d'ici.

— Où donc ?

Là où je pourrais prendre soin d'elle. Moi seul peux la ramener.

James hésita un instant. Un très court instant. Soulevant la tête de Clara, il la déposa avec tendresse sur l'herbe poussiéreuse. Il replaça une mèche derrière son oreille, lui effleura la joue du bout du doigt.

— Nous ne nous reverrons sans doute jamais… Et ce sera mieux ainsi. Alors, adieu, ma douce Clara.

Puis, il se leva souplement et s'adressa au vent, tout autour de lui.

— Sauvez-là. Qui que vous soyez, emmenez-là et sauvez-là !

Ensuite, il s'éloigna sur le sentier menant à Princes Street sans se retourner. Épuisé, contusionné, les mains en sang et l'esprit en ébullition, mais indemne en un sens.

Il avait désormais trois certitudes qui allégeaient son cœur meurtri : premièrement, cet homme, ce télépathe, allait faire tout ce qu'il pouvait pour sauver la vie de Clara. Deuxièmement, même si elle survivait, leurs chemins ne se croiseraient plus jamais. Troisièmement, la véritable Clara n'était pas morte sous la Corrompue : elle lui avait fait un cadeau avant de sombrer.

Une étincelle de magie blanche qui brillerait en lui pour toujours[24].

Il sourit en voyant la Star 15.9 HP crème de Sir Duncan se garer sur Regent Road dans un dérapage. Son calvaire ne faisait que débuter : il allait devoir donner des explications à son supérieur, affronter ses

24 C'est cet éclat de magie de sorcière qui va permettre à James de prolonger son existence humaine, ce qui est une capacité de sorcière, avec ses propres moyens ; en l'occurrence, en puisant dans les énergies de la nature.

reproches tout en parvenant à lui cacher le principal, sa relation interdite avec Clara…

Pourtant, les premiers mots qu'il lui adressa lorsqu'ils se rejoignirent sur le sentier concernèrent une tout autre chose.

— J'accepte.

— Quoi ?

— La Roue. J'accepte d'être votre successeur, d'entrer dans l'administration de La Roue et de veiller à ce que l'équilibre des mondes soit préservé. À partir de maintenant, ce sera ma seule et unique raison de vivre.

Il se redressa, rajusta sa robe de bure à moitié calcinée, déchirée et couverte de poudre de roche. Conscient de la nouvelle assurance qui émanait de tout son être.

— J'en prends la responsabilité.

Sir Duncan le considéra avec une lueur de respect dans le regard.

— Fort bien. James… J'ignore ce qui s'est passé là-haut, mais je vous conseille de rentrer chez vous, vous reposer. Vous pouvez conduire mon automobile, si vous voulez. De mon côté, je vais agir sur le vortex afin de le dissimuler aux regards des habitants.

— Attendez un instant.

— James, je n'ai pas le temps ! Le soleil se lèvera bientôt.

Croisant le regard de son apprenti, il sembla prendre la mesure du changement opéré en lui et se tut brusquement.

— Je vous accompagne, déclara James. Vous aurez besoin d'aide : il faut aussi réparer le National Monument. Il y a eu… des dégâts collatéraux.

Et, surtout, le mystérieux sauveur de Clara devait avoir eu le temps, maintenant, de l'emmener loin d'ici.

James savait que tout ceci serait sa dernière entorse au Code. La toute dernière. Ainsi que le tout dernier mensonge qu'il faisait à Sir Duncan. James était bien placé, à présent, pour mesurer le danger qui résidait dans les infractions au Code !

Il se ferait désormais une obligation de le suivre à la lettre, et de le faire respecter autour de lui. La Roue, la confrérie des sorcières… Lorsqu'il aurait remplacé Sir Duncan, James se jura de faire respecter le Code à tout prix. En utilisant n'importe quel moyen.

Rien n'était plus important que le Code.

Le Lord Provost se tourna et, d'un commun accord, ils se mirent en marche vers le sommet de la colline. Un long moment de silence embarrassé s'écoula avant que le Lord Provost ose poser la question qui, très probablement, lui brûlait les lèvres.

— Contre qui vous êtes-vous battu, James ?

Il sentit son cœur se serrer.

— Contre moi-même. Contre ma stupide curiosité et les erreurs qui furent les miennes…

— James, étaient-ce des sorcières ?

— La confrérie n'y est pour rien : inutile de déclarer la guerre à Agapanthe. J'ai retenu une leçon, cependant : les sorcières sont dangereuses. Nous pouvons conclure une trêve avec elles, nous pouvons leur laisser l'accès à l'Entre-Monde, mais jamais nous ne devons accepter qu'elles approchent du vortex de Calton Hill ! Et jamais nous ne devons les laisser se faire une place auprès de nous.

Du coin de l'œil, il vit son mentor hocher nerveusement la tête.

— James, mon garçon. Quoi que vous ayez fait, ne vous accablez pas de reproches : nous commettons tous des erreurs. Ces erreurs, vous les avez réparées, n'est-ce pas ?

— Oui.

— Alors tout est pour le mieux. Notre seule préoccupation est maintenant de contenir le vortex pour le renvoyer dans l'Entre-Monde, pour que les habitants de la ville continuent d'ignorer son existence. Hâtons-nous !

— Sir… J'insiste. Il faut absolument que nous cessions tout contact avec les sorcières.

— Cela va de soi ! Si vous croyez que j'avais l'intention de donner ma confiance à Agapanthe… Qui donc accorderait foi à une sorcière, James ?

Moi, je l'ai fait.

Il n'en révéla rien et poursuivit l'ascension de la colline, sachant déjà qu'ils ne trouveraient que des dégâts matériels. Le corps de Clara aurait disparu.

Aux sorcières de régler cela ! Du côté des *draoidhean*, il n'y aurait nulle revanche. L'alliance entre eux était trop importante pour la remettre en question en raison d'un regrettable incident n'incriminant qu'un druide trop naïf et une jeune sorcière inapte à gérer un brusque afflux de magie.

James endurcit son esprit, repoussant avec fermeté les pensées et émotions qui l'assaillaient. Il n'avait plus l'âge de se laisser perturber par un joli minois. Il était certes jeune, mais en cette nuit de *Bealltainn* il avait l'impression d'avoir vieilli de vingt ans d'un coup…

Il n'était plus le James d'avant Clara.

Il était un *draoidh*, futur Grand *Draoidh* d'Édimbourg et représentant de La Roue, en charge de faire respecter le Code.

ÉPILOGUE

Bleiz – dans sa tanière de l'Entre-Monde.

Lorsque j'ai récupéré Clara, elle respirait à peine.

Ce *draoidh* lui a sauvé la vie. Peut-être l'aimait-il réellement, en fin de compte, mais je n'en ai cure. Il aurait pu la sauver deux fois, dix fois, cela n'aurait pas effacé leur faute, à tous les deux : s'ils n'avaient pas cédé à leur attirance réciproque, rien de tout cela ne serait arrivé. Le vortex ne serait pas endommagé, et je n'aurais pas manqué perdre ma Clara.

Ma petite Clara… Celle que j'ai choisie, dès l'enfance, pour la parrainer parce que je pressentais qu'elle serait appelée à une grande destinée.

Mais pas celle d'une Corrompue ! Jamais je n'aurais pu la laisser devenir un tel monstre. Jamais. Pas même dans l'espoir de parvenir à mener mes projets à bien… Par le passé, je me suis servi d'elle ; c'est terminé. J'ai eu tort. Tout a mal tourné, parce que j'ai utilisé Clara au lieu de chercher le sang de Fraoichan moi-même. Mais tout ceci n'a pas été totalement inutile, car à présent j'ai compris une chose.

J'aime Clara, comme ma fille.

J'aime trop ma Clara pour la voir transmuter.

J'ai voulu utiliser les deux fragments de sa baguette pour l'aider à s'ancrer dans ce monde, mais ils n'étaient plus que deux bâtons dépourvus de pouvoir. J'ai dû créer un sortilège pour lui permettre de survivre dans l'Entre-Monde sur le long terme. J'ai passé trois jours et trois nuits à extirper de son corps malmené les dernières parcelles de magie noire. À lui insuffler un peu de ma force pour la maintenir en vie.

Elle en gardera sans doute quelques séquelles : nous verrons lesquelles en temps voulu. Elle ne deviendra pas louve, mais peut-être développera-t-elle une aptitude lupine… Peut-être la capacité de laisser s'exprimer l'esprit de son totem ?

Ce n'est pas l'important.

Pour l'instant, je veux juste que ma Clara vive.

Qu'elle revienne des limbes où erre son esprit.

Je sais que je peux la faire revenir : son âme n'a pas encore franchi la limite du Grand Voyage. Elle peut revenir. Elle va revenir, car elle est puissante ; Clara a toujours été puissante, et aujourd'hui plus que jamais. Même après avoir éradiqué la magie noire de son sang, elle reste habitée par une très forte énergie.

Elle est une enrouleuse de temps. Une magicienne promise à un grand pouvoir. Sans doute sera-t-elle bientôt à la tête de la confrérie des sorcières d'Édimbourg… si elle survit.

Pour le moment, tout ce que je peux faire est de la soigner, de la remettre sur pieds.

Puis, je reprendrai ma quête. Car ce *draoidh*, ce James, même s'il est porteur d'un grand pouvoir, n'est pas celui que je cherche. Son sang, que j'ai recueilli sur les mains de Clara, n'a rien donné. D'après mes calculs, nous avons encore un bon siècle devant nous ; cela me laisse le temps de chercher la descendance du Grand *Draoidh*.

Bientôt, je trouverai le descendant de Fraoichan. Je le manœuvrerai afin qu'il se dresse contre le druide maudit… Carron. Le damné fils de Myrddin.

Bientôt, je m'assurerai que personne, jamais, ne délivrera ce fléau.

Feu spectral

Cette nouvelle m'a été inspirée par l'un des écrits d'un auteur que j'apprécie beaucoup, à savoir Neil Gaiman. C'est en lisant sa nouvelle intitulée Orange *que j'ai imaginé ce questionnaire de police correspondant à l'interrogatoire de Jenny suite à l'incendie du restaurant de ses parents, quelques semaines avant l'arrivée d'Emily à Édimbourg. C'était l'occasion pour moi d'approfondir ce personnage, en parallèle des romans principaux des* Ombres d'Édimbourg, *tout en rendant hommage à un grand auteur dont je dévore les œuvres avec un plaisir sans cesse renouvelé.*

CONFIDENTIEL

Interrogatoire n° 5 sur le dossier I-24.
Individu : Jenny Talwar.

1. Jennifer Talwar.

2. Vingt-deux ans.

3. 45, Foot of Leith Walk. Dernier étage, appartement 5.

4. Oui, c'est bien ça. En parapsychologie, sous le patronage du professeur James Campbell.

5. « Aux délices de Bahawalpur ». C'est le restaurant de mes parents.

6. Je ne vois pas ce que vous voulez dire… Je suis née à Édimbourg.

7. Ce n'est rien, l'erreur est humaine. Enfin, je voulais dire… Je ne voulais pas évoquer…

8. Oui, je suis au courant qu'une erreur humaine est probablement à l'origine de l'incendie. Je ne voulais pas plaisanter à ce sujet. Désolée.

9. C'est ça. Mon frère et ma sœur aussi. Mes parents sont nés au Pendjab, eux, mais pas à Bahawalpur. C'est juste un nom exotique : pour le restaurant, vous comprenez… Pour attirer les gens. C'est un nom qui sonne bien.

10. Sur Portobello High Street. Ils ont ouvert ce restaurant en arrivant à Édimbourg, il y a trente ans.

11. Une sœur et un frère, plus âgés que moi. Ma sœur Kate est employée de banque, mon frère Mike travaille dans une salle de cinéma.

12. Je me trouvais sur place parce que ma grand-mère, Noor, m'a appelée pour me demander de donner un coup de main. Il y avait beaucoup de monde, ce midi…

13. Non, pas souvent. Presque jamais, en fait… En général, c'est mon frère qui vient aider. Ma sœur a beaucoup de travail, et moi… Je ne suis pas en très bons termes avec mon père. Alors la plupart du temps, c'est Mike qui rend service, pas moi.

14. Je ne vois plus beaucoup mes parents, enfin, surtout mon père… Depuis que j'ai refusé de reprendre le restaurant plus tard.

15. Je veux me consacrer à mes études. Trouver… Trouver ma voie, quelque chose comme ça. Je suppose.

16. Je ne sais pas. Peut-être enseignante. En tous cas je sais que tenir un

restaurant pakistanais sur Portobello High Street ne fait pas partie de mon destin.

17. Je dis « destin », je devrais dire « projets », sans doute… Oui, c'est ça. Ça ne fait pas partie de mes projets.

18. Ce jour-là, Mike était malade. Ma grand-mère m'a appelée. Quand je suis arrivée, mon père était plutôt content de l'aide que je pouvais apporter : il y avait vraiment du monde. Mes parents avaient pris trop de réservations.

19. Non… Enfin, j'étais un peu nerveuse, bien sûr. Mais assez contente de revenir. Ce restaurant, c'est toute mon enfance.

20. Plutôt qu'il m'ignore et que cela fasse pleurer ma mère. C'est ça, le style de mon père.

21. À midi quinze. J'ai mis un tablier et j'ai aidé au service. Tout s'est bien passé, jusqu'à… Je me trouvais au fond de la salle, en train de servir un poulet korma et un masoor daal vegan, quand un terrible… un terrible… *cīkanā* a retentit.

22. Ce sont des plats traditionnels : le masoor daal est une purée de lentilles corail aux épices, et le poulet korma est mariné à la crème et aux épices. Un mélange de coriandre, gingembre, cardamome, je crois… Oh, et du cumin ! Le secret de la cuisine de mon père réside dans le cumin, savamment dosé.

23. Oh… Pardon. Bien sûr, que la recette du poulet korma ne vous intéresse pas. Non, je ne me moque pas de vous ! Je suis juste… Encore un peu sous le choc, je crois.

24. Un *cīkanā* est un hurlement. Je suis désolée, je ne savais pas comment

décrire l'horreur de ce cri, et le mot pendjabi m'est venu spontanément.

25. Mon père. C'était mon père, qui hurlait. Depuis les cuisines.

26. J'ai lâché le poulet korma et le masoor daal vegan pour courir là-bas. J'étais la plus proche de la porte, ma mère était à la caisse enregistreuse et Noor, ma grand-mère, menait de nouveaux venus à une table libre.

27. Non. Je n'ai pas pu entrer dans les cuisines, je n'en ai pas eu le temps : mon père a jailli dans le restaurant en poussant toujours des hurlements effrayants. Il se cachait la tête dans les bras comme pour se protéger de quelque chose et criait « au feu ».

28. À ce moment-là, non, nous ne voyions rien du tout… Ni flammes, ni fumée.

29. Les clients se sont levés, l'un d'eux a crié aussi, et alors on a vu. Des flammes rouges léchaient le plafond et progressaient à toute vitesse dans la salle du restaurant.

30. Tout le monde a couru dehors. Ma mère a emmené Noor en sécurité et veillait sur elle.

31. Pas moi, non. Je… Je sais que ça peut paraître stupide, mais… Je voulais voir ce qui se passait dans les cuisines. Mon père avait beau paraître terrifié, il ne souffrait d'aucune brûlure et ne toussait pas. J'ai jugé que c'était étrange, et…

32. Non, je n'ai pas de formation de secouriste.

33. Sans doute. En tous cas, j'aurais pu être gravement blessée. Je sais

que c'était une réaction stupide, mais j'avais remarqué aussi une autre chose bizarre : les flammes paraissaient réelles, mais ne produisaient pas de bruit.

34. C'est-à-dire qu'on n'entendait rien du tout. Vous savez, dans les films, le feu gronde, grésille, il y a de grands « wouf » et des craquements… Là, il n'y avait rien. Aucun bruit. Comme un film, justement, auquel on aurait coupé le son.

35. Je n'ai pas d'explication. Je vous dis juste ce que j'ai vu.

36. Une fois le dernier client sorti dans la rue, j'ai voulu me diriger vers la porte menant aux cuisines, mais je n'y suis pas arrivée à cause de la fumée. Il y en avait beaucoup ! Une dense fumée noire, à couper au couteau. En revanche, il n'y avait toujours pas de bruit. C'était… déstabilisant. Et terrifiant, aussi.

37. Rien… Je ne pouvais rien faire. Quand je l'ai compris, j'ai abandonné et rejoint les autres dans la rue. Quelqu'un a appelé les pompiers, et voilà.

38. Je sais que les apparences sont contre lui, mais mon père est une personne sérieuse. Un homme fiable. Jamais il n'aurait pu laisser un appareil électrique allumé, ou commettre une négligence. Croyez-moi, ce n'est vraiment pas son genre ! Au contraire, même, il est perfectionniste et exigeant. C'est en partie à cause de cela que nous sommes brouillés.

39. Si je… Quoi ?

40. Bien sûr que non !

41. Les finances de mes parents se portent bien, que je sache, et jamais

mon père ne s'abaisserait à tricher pour obtenir une police d'assurance ! En détruisant son propre restaurant, qui est toute sa vie ? C'est ridicule !

42. Pardon. Je ne voulais pas vous crier dessus, mais cette « hypothèse de recherche », comme vous dites, m'a mise hors de moi. C'est totalement impossible !

43. Oui, absolument ! Mon père est innocent, et je le maintiendrai.

44. Je suis au courant que les pompiers ont parlé d'erreur humaine, je vous l'ai dit : mais pourquoi voulez-vous que l'erreur vienne de mon père ? Il était seul dans les cuisines, oui, mais c'était son restaurant ! Il est la première victime de ce qui s'est passé.

45. Eh bien… Non, je… Je ne sais pas. Le feu a peut-être pris à cause d'un appareil électrique défectueux…

46. Heureusement, les dégâts ne sont pas trop importants : du mobilier, de la décoration. C'est mon père, qui a subi les plus gros dommages. Des dommages psychologiques… Il est très choqué de ce qui s'est passé.

47. Comment ça, moi ?

48. La parapsychologie, comme je vous l'ai dit. C'est l'étude de phénomènes psychiques encore inexpliqués, tels que la clairvoyance ou la psychokinèse.

49. C'est le déplacement d'objets par la force de l'esprit.

50. Non, je ne déplace rien par la pensée : j'étudie ces phénomènes sous le patronage du professeur Campbell. De toute façon, on ne peut pas

déclencher un incendie par la pensée. En tout cas, je n'ai jamais entendu parler de ça dans mes cours.

51. Je dirais que oui, il y a bien eu un incendie. J'ai vu les flammes, comme les autres clients. Et les dégâts sont ceux d'un incendie.

52. Certains ont dit qu'il n'y avait pas eu de feu ? Pourtant, nous avons tous vu les flammes.

53. Non, j'ignorais que ces quatre personnes n'avaient rien du tout.

54. Certains des clients ont dit que le feu n'était « pas normal », et ils ont raison. Ce feu n'était pas ordinaire, en effet. Je ne sais pas pourquoi il ne s'est pas propagé aux bâtiments mitoyens. Je ne sais pas pourquoi certains ont senti la fumée sans voir les flammes. Je ne sais pas pourquoi les pompiers n'ont rien trouvé en arrivant… Enfin, si, ils ont trouvé des dégâts typiques d'un incendie, mais pas de feu. En tout cas, je sais ce que j'ai vu, moi : il y a bien eu un incendie, même s'il s'est apparemment éteint de lui-même. Un incendie… Silencieux. Comme un fantôme.

55. Oui, nous étudions aussi les phénomènes paranormaux, y compris les apparitions spectrales.

56. J'ignore si du feu peut être spectral ou pas… Mais oui, si on me demandait de le décrire, je dirais que c'était une sorte d'incendie fantôme.

57. Si j'y crois ? Et vous ?

58. Pardon.

59. Je le sais, et je n'ai aucunement l'intention de produire un faux

témoignage : je ne vous dis que la vérité.

60. Ma spécialité en cours ? La géologie et la lithothérapie.

61. Non. Il n'existe pas de pierre « incendiaire ».

62. Non plus.

63. Oui, j'en suis sûre. Demandez au professeur Campbell, il vous le confirmera.

64. Vous savez, la parapsychologie n'est pas de la *magie*. Je ne possède pas de super pouvoirs, et je ne peux pas produire des étincelles sous le coup du stress ou de la colère… Nous sommes des universitaires, pas des criminels ni des bêtes de cirque.

65. Oui, j'ai vu le médecin suite à l'incendie. Il m'a examinée et conclu que je me portais très ben – y compris psychologiquement. J'ai apporté mon certificat, tenez.

66. Bien. Euh… Pourrais-je vous demander quelque chose ?

67. Est-ce que je pourrais me rendre sur place, s'il vous plaît ? Je veux dire, dans les cuisines du restaurant.

68. J'aimerais juste évaluer les dégâts. Mon père va sûrement me demander…

69. Je ne gênerai pas les enquêteurs, je vous le promets ! Juste un coup d'œil.

70. Merci, Inspecteur.

71. Pardon, merci sergent.

Je certifie que les informations ci-dessus sont correctes,
et m'engage à ne rien divulguer de ces faits dans l'attente des
conclusions de l'enquête.

Jennifer Talwar.

La double mort

CHRONIQUES DE BLEIZ, MANUSCRIT 5A22. PRINTEMPS 1140.

Le jour était bel et radieux, qui nous mena Myrddin et moi dans le royaume d'Alba[25] la Grande, jusqu'aux portes du fort d'Edin-burh.

C'était le milieu du jour et nous avions faim. Nous avions parcouru de nombreuses lieues, depuis notre royaume de Cymru[26], guidés par notre curiosité et notre soif d'aventures, et nous aspirions à présent à un repos bien mérité.

Les fêtes de *Bealtainn*[27] approchaient. L'heure était aux préparatifs, à la cueillette des fleurs et à la cuisson des pains ; partout se devinait une vive effervescence. Une saine excitation.

À travers tout le monde celte, Bealtainn représentait l'une des plus importantes célébrations de l'année. Gorgés de vie après les premières floraisons et la pousse des bourgeons, la Déesse Mère et le Dieu Père allaient propulser à son sommet la fertilité du monde, synonyme d'abondance future, et sceller leur union charnellement. D'un point de vue spirituel, c'était le point d'orgue du cycle de fécondité de la Nature.

Concrètement, hommes et femmes allaient festoyer et s'aimer sous les étoiles, après avoir assisté à l'accouplement rituel d'un garçon déguisé en dieu cornu et d'une fille fardée supposée représenter la Grande Mère.

— Ah, *Bealtainn*… soupira Myrddin en suivant du regard un groupe de jeunes femmes en train de courir à travers champs en riant, des paniers de fleurs à la main. De toutes les fêtes, je crois que c'est celle que je préfère.

Je ne pus m'empêcher de sourire à cette assertion, fort coutumière de mon ami.

---

25 Ancien nom de l'Écosse, en usage au Moyen-Âge.

26 Nom gaélique du Pays de Galles.

27 Beltane, en gaélique écossais.

— Comment te croire ? À chaque fête que nous célébrons, tu décrètes qu'elle est ta favorite !

— Ah, mais *Bealtainn... Bealtainn*, Bleiz ! Ne me dis pas que tu n'as pas de magnifiques souvenirs de *Bealtainn*, à serrer une jeune fille contre toi aux premiers rayons du soleil, conscient de la fragilité du monde et de son indicible beauté.

— En tant que *draoidh*, ne devrais-tu pas plutôt te concentrer sur la divine communion du Père et de la Mère, implorer leur grâce afin qu'ils accordent de nombreuses naissances et que nul ne connaisse la faim ?

— Tu es trop sérieux, Bleiz !

Notre premier aperçu de l'ancienne forteresse du roi Eydin[28] fut fort pittoresque. À peine avions-nous conduit nos montures à l'abri des remparts de bois, où s'étendait le bourg dominé par le castel[29] lui-même du roi Dabíd[30], que nous reçûmes un seau de crottin sur la tête.

Oui.

Un seau de crottin.

Deux paysans s'en disputaient apparemment la propriété, le crottin étant un engrais fort prisé, et l'un d'eux en avait jeté le contenu en l'air en hurlant qu'il préférait le perdre plutôt que de le laisser à son rival.

Myrddin perdit aussitôt sa bonne humeur, et je crus le suivre sur cette voie lorsqu'un rire clair enchanta brusquement nos cœurs assombris.

*

---

28 L'étymologie d'Édimbourg renvoie à *Din Eydin*, ou « le fort d'Eydin » ; les sources romaines font état d'une tribu de Votadini installée à l'emplacement de la ville, dans un fort perché sur une colline. On ignore si *Eydin* est le nom d'un dirigeant ou un lieu-dit. Comme le prénom Aydin ou Ayden existe autant en gaélique écossais qu'en gaélique irlandais, j'ai choisi l'hypothèse du dirigeant.

29 Nom médiéval d'un château.

30 David Ier, qui régna de 1124 à 1153.

Note en marge, postérieure à la rédaction[31] : *Si j'avais su, alors, quelle créature en était à l'origine, j'aurais qualifié ce rire de tocsin… C'était, en réalité, le glas de notre belle insouciance.*

*

Une femme, accoudée à la fenêtre d'une masure, semblait secouée d'un rire inextinguible.

Myrddin lui jeta quelque imprécation que je ne retranscrirai pas dans ces lignes ; car malgré ses grandes qualités et l'ampleur de son pouvoir, inégalé parmi les hommes, mon compagnon souffre d'un orgueil fort développé qui ne tolère point la moquerie.

La femme, avouons-le, était fort belle et souriante. Ses yeux rieurs luisaient au soleil. Ses joues roses paraissaient deux belles pommes prêtes à être croquées... Sa chevelure nattée évoquait un champ de blé caressé par la brise au jour de Lugnasad[32].

La deuxième réaction de Myrddin fut donc de s'excuser pour sa grossièreté ; la troisième, de demander son nom à la belle.

— Aigneas, Seigneur.

— Je ne suis point Seigneur, belle dame ! rétorqua mon ami. Juste un simple voyageur en quête d'une auberge où prendre du repos.

Des vagissements retentirent, derrière la femme, et elle tourna la tête vers l'intérieur de l'habitation.

— Ce n'est rien, il faut l'aider à prendre le sein. J'arrive tout de suite.

Reportant son attention sur Myrddin, elle ajouta d'une voix mutine.

— Si vous ne craignez point les mauvaises rencontres, voyageurs, attendez-moi devant la porte. Je vous conduirai dans un endroit où vous pourrez dormir et vous restaurer.

---

31 Comme toutes les notes intercalées au récit.

32 Fête celte célébrée à la pleine lune de début août : c'est la fête de la récolte, de l'abondance, au cours de laquelle on remercie le Dieu de la moisson pour ses bienfaits en partageant le pain fabriqué avec le premier blé de l'année.

*

Note : *J'aurais dû sommer Myrddin de ne point se laisser enjôler si facilement par un joli minois... J'ai honte d'écrire ces mots, mais je pense que j'étais alors sous le charme, moi aussi. Oui, moi ! Moi qui me targue de ne pas être soumis aux tourments de l'amour, qui de tout temps a déchiré le cœur des humains... Moi aussi, j'étais alors pris dans les rets d'Aigneas.*

*

La femme était une guérisseuse. Une sorcière, plus exactement, ainsi que nous le comprîmes tous deux lorsqu'elle nous mena chez elle. Une chandelle et de menus objets étaient exposés sur un autel, à côté d'un petit couteau et d'une baguette d'un bois qui me parut être de l'aubépine.

L'aubépine.

Un bois complexe, paradoxal. Si ses feuilles, ses fleurs et ses bourgeons possédaient des propriétés curatives, mais mortelles sur des sujets dont le souffle de vie s'avérait trop fragile.

Aigneas fut une hôtesse charmante, nous offrant jambon, pain et fromage ainsi qu'une couche de paille auprès de l'âtre. Elle était grande, pour une femme, et aussi altière qu'une princesse. La beauté de ses traits n'avait d'égale que la grâce de ses mouvements et mon ami, je le voyais bien, se sentait tout prêt à explorer de plus près les attraits d'Edin-burh...

De fait, à peine trois jours après notre arrivée, il passait la nuit dans la couche de la sorcière.

Je formulai mes réserves ; il me rit au nez.

Je lui conseillai la prudence ; il me foudroya de son regard aiguisé.

Je l'accusai de concupiscence. Cette fois, il m'envoya m'occuper de mes affaires privées avec une grossièreté de langage à me hérisser.

Mais, que voulez-vous ? Il aimait.

Il aimait cette femme, et elle-même donnait tous les signes de partager cet amour.

Je n'avais plus qu'à m'incliner – et à m'habituer à leurs bruyants ébats.

*

Note : *J'ai encore le souvenir de toutes ces nuits passées à me boucher les oreilles ! La journée, je fuyais la maison d'Aigneas par crainte de croiser le regard fier de Myrddin : mon ami paraissait perdre la raison, ne plus songer qu'à sa belle maîtresse. Lorsque je lui demandais quand il comptait repartir pour nos habituelles errances sur les chemins, en quête d'expériences et de savoirs nouveaux, il refusait de répondre.*

Aigneas ne m'accordait pas un regard, généralement. Pour elle, je n'existais pas. Seul comptait son Myrddin. Ah ! Ces deux-là étaient devenus deux ingrats ; ou plutôt deux amoureux, ingrats comme le sont tous les amoureux. Ils ne voyaient plus qu'eux-mêmes et leur amourette.

Il m'est arrivé de me demander si Myrddin avait été ensorcelé... Pourtant, Myrddin était trop puissant pour se laisser ensorceler par une simple petite sorcière de cette ville du nord.

Pendant les heures de jour, j'explorais la ville ainsi que le bourg voisin de Canongate. J'étais si fatigué qu'il m'arrivait de faire une sieste dans un endroit tranquille... Contre le tronc d'un arbre, ou la porte d'une écurie. Il est sûr que je n'avais pas envisagé ce séjour à Edin-burh de cette façon !

J'en voulais de plus en plus à Myrddin.

Une sourde méfiance à l'égard d'Aigneas naquit en mon cœur, sans que j'en comprenne la raison véritable.

*

Chroniques de Bleiz, manuscrit 5A23. Été 1140.

La liaison de Myrddin avec Aigneas dura près de deux mois, avant que les choses n'évoluent vers une situation qui promettait de se compliquer.

Tout commença de fort commune façon avec les prémices de l'arrivée d'un enfant.

Le ventre d'Aigneas gonfla ses robes et tabliers, ses joues s'arrondirent et son humeur, étrangement, s'assombrit. Il lui arrivait fréquemment de hurler sur les habitants venus la consulter, et même, parfois, sur Myrddin ou moi. Ses traits se décomposaient alors, sa douce voix se métamorphosait pour aboyer comme l'aurait fait un chien des rues. Une lueur mauvaise s'allumait dans son regard. Brièvement. Mais elle était bien là. Avec le recul, je pense que c'était là l'essence de l'enfant qui se manifestait à travers sa mère.

Lorsque la naissance approcha, Aigneas n'avait plus rien de la jeune femme enjouée qui avait touché le cœur de Myrddin.

Il s'en ouvrit à moi par une froide soirée d'hiver, peu avant Imbolc[33].

— Aigneas a changé, soupira-t-il en lissant sa barbe, qu'il faisait pousser avec soin depuis plusieurs décennies et atteignait presque son thorax.

Les flammes de l'âtre dessinaient des ombres dansantes sur son visage long et austère. Cela faisait des mois que je ne l'avais plus vu aussi sérieux. Je retins donc les mots acerbes qui se bousculaient sur ma langue et me contentai de secouer la tête.

— L'heure est peut-être venue de reprendre la route.

Il me jeta un regard étrange, plein de remords, me sembla-t-il.

— Oui, peut-être.

*

33 Fête celte célébrée le 1er février. C'est le temps de la purification avant l'arrivée du printemps.

Note : *C'était le moment. L'occasion que j'attendais... J'aurais dû emballer nos affaires sans attendre et obliger Myrddin à prendre la route sans attendre le lever du jour. Nous aurions fui, loin de cette sorcière trop belle, trop étrange, trop inquiétante... Rongée de l'intérieur par un mal que nous ne soupçonnions pas encore.*
Cela n'aurait rien changé, toutefois.
Il était trop tard. L'enfant était sur le point de voir le jour.

*

Il vint au monde par une nuit d'orage, quelques jours après Imbolc.

Un garçon. Aussi noir de cheveux que son père, plus beau encore que sa mère.

En hommage au grand-père d'Aigneas, qui l'avait élevée à la mort de ses parents, et exerçait la profession de charron[34], ils lui donnèrent le nom de Carron.

Lorsque je me penchais sur son berceau pour le contempler, tandis que Myrddin aidait Aigneas à boire un peu de bouillon pour se remettre de ses couches, mon regard croisa celui de Carron pour la première fois. Il me sourit.

Ce n'était point un sourire réflexe de nourrisson, encore moins un sourire lumineux de bambin…

Plutôt un retroussement de lèvre fort déplaisant, assorti d'un regard fixe qui fit courir un frisson tout le long de mon échine. Même mon loup ressentit, alors, une bouffée de crainte.

*

Note : *Je partis la nuit suivante, après une dispute mémorable avec Myrddin, mon vieil ami... Le vieil ours complice de mes plus folles aventures.*

Nous avions vécu tant d'années de complicité, tous les deux, que nous ne pouvions souffrir cette mésentente survenue entre nous.

Elle était simple : je n'aimais ni Aigneas ni le petit Carron, et je voulais quitter cette maison, Edin-burh et le royaume d'Alba tout entier.

---

34 Le prénom écossais Carron provient, semble-t-il, de la profession de charron (fabricant de chariots).

Myrddin, lui, se sentait tenu de rester avec sa famille – au moins pour un temps.

Je partis, oui.

Avec, chevillée au cœur, l'intuition que je reviendrais bientôt à Edinburh pour des motifs qui promettaient de se révéler fort déplaisants.

*

Chroniques de Bleiz, manuscrit 5B17. Hiver 1153.

Ainsi que je l'avais pressenti, mon retour à Edin-burh ne fut guère agréable. Depuis mes refuges habituels, dissimulés un peu partout dans l'île de Bretagne, j'avais régulièrement ouï des nouvelles de mon ami et de sa nouvelle famille... Pas nommément, la plupart du temps, mais je comprenais l'origine des rumeurs. Des légendes qui se formaient peu à peu.

On disait qu'un enfant mage était venu au monde, annonçant une ère de souffrances ou un âge d'or, selon les diverses versions. On le disait enfant de sorcière et de démon – Myrddin n'était guère un monstre, mais son ascendance paternelle et son aspect orageux, des plus terribles lorsqu'il entrait dans l'une de ses colères, avaient toujours incité les gens à le redouter. Et, par conséquent, à lui forger soit une aura divine, soit une réputation démoniaque.

Myrddin n'était ni dieu ni démon. Comme tout homme, il avait succombé à l'amour et se trouvait désormais prisonnier de lourdes chaînes.

C'est ce que je compris au premier regard que nous échangeâmes, lorsque je croisai sa route aux abords de la demeure d'Aigneas. Il se figea, me dévisagea de ses yeux entourés de cernes noirs.

— Tu as traîné en route. Je me demandais quand tu allais arriver.

Je me doutais qu'il sentirait ma présence, comme j'approchais du bourg : c'était inévitable. Non seulement Myrddin était un *draoidh* très puissant, mais j'étais moi-même un sorcier à la grande magie. Et, surtout, nous étions liés par des siècles de camaraderie. Nous étions devenus, au fil du temps, comme les deux faces d'une stèle... Si différents, et pourtant inséparables.

— Le bon jour, Vieil Ours.

— Toujours aussi impoli, je vois !

— Je ne voudrais pas te décevoir.

Le *draoidh* grogna, puis se gratta la tête.

— Tu as entendu parler de… tout ça ?
— Certaines choses sont parvenues jusqu'à mes oreilles.

*

Note : *Les « choses » en question n'incluaient rien de moins que des incendies à répétition, des accidents mortels, des naissances de chèvres à trois têtes et un trouble dans le vortex magique situé au-dessus d'une colline proche du bourg, appelée Calton Hill. Tous les indices menaient à Carron.*

Ce qui m'avait décidé à retourner dans le royaume d'Alba et affronter à nouveau mon vieil ami, c'était la rencontre avec un draoidh voyageur qui se rendait à Edin-burh pour y participer à une très importante réunion. Il y avait eu une catastrophe plus grave que tout le reste : l'Entre-Monde lui-même avait été menacé. L'enfant-mage était hors de contrôle.

Les draoidhean se décidaient enfin à agir ! Ils allaient probablement essayer de contenir les pouvoirs du petit Carron, âgé de douze ans à peine, mais déjà si puissant qu'il répandait le chaos autour de lui…

Je partis le jour même. Ma forme lupine me permit de couvrir une longue distance chaque jour, même si je devais me cacher des villes et villages que je rencontrais, et en quelques jours à peine je me trouvais à nouveau sur place.

Edin-burh.

Ce bourg, qui s'était fort grandi en mon absence, me semblait soudain receler quelque lien secret et mystérieux avec nous ; Myrddin et moi. Étaient-ce les dieux qui nous avaient conduits là ? Qui avaient fomenté la naissance de Carron ?

Je repris ma forme humaine et me mis aussitôt en quête de la demeure d'Aigneas. Je savais que ma place était auprès de Myrddin, qui allait devoir faire face à ses erreurs de jugement. Non seulement je devais le soutenir, oublier notre petite brouille, mais je pensais aussi devoir protéger Edin-burh des accès de colère de mon vieil ami…

*

Je m'installai dans une auberge nichée au pied du rocher du castel. Il m'était impensable d'imaginer loger à nouveau chez Aigneas qui, aux dires de Myrddin lui-même, était devenue une femme maussade et cruelle.

Est-ce le fait d'avoir porté en son sein l'enfant Carron ? Un enfant dont l'âme était envahie par les ombres ?

Quoi qu'il en soit, Aigneas s'était laissée gagner par la noirceur, elle aussi. Myrddin me révéla que la sorcière était entièrement dévouée à son fils.

— Elle a toujours refusé de mettre un frein à ses méfaits, m'expliqua-t-il au bout de quelques jours. Aujourd'hui qu'il a commis sa plus grande erreur, elle continue à le défendre ! J'ai tout essayé. Elle a caché notre fils quelque part, dans un endroit secret qu'elle refuse de me révéler, et je n'ai aucun moyen de le retrouver pour le soumettre à la justice des *draoidhean*.

Je me souviens avoir grimacé, entièrement concentré sur une chose que mon ami venait de dire.

— Que veux-tu dire par « sa plus grande erreur » ?

Myrddin me jeta un regard torve et le loup en moi hurla.

— As-tu su, pour le vortex ?

— Eh bien, j'ai compris qu'il y avait un déséquilibre récent et artificiel, donc j'en ai conclu que Carron devait encore avoir abusé de ses pouvoirs…

— Tu peux le dire ! Il… Oh, je ne peux même pas y croire en le disant !

*

Note : *Myrddin tempêta pendant un moment, avant de me révéler enfin la gravité de la dernière frasque de son rejeton. Ce retors avait délibérément puisé dans l'énergie du vortex afin de rapprocher une dimension du monde humain ! Le rapprochement de ces deux mondes avait compressé l'Entre-Monde, qui avait bien failli disparaître dans les méandres de l'univers.*

Lorsque je l'interrogeai sur la finalité de cet acte, Myrddin grogna quelque chose au sujet de pouvoir et d'ambition.

Ce sont là quêtes éternelles de l'esprit humain.

Cependant, je persiste à penser que la nature profonde de l'enfant n'était pas humaine. C'est là, à cet instant précis des confessions de Myrddin, que je compris tout le problème. Ce n'était point un défaut d'éducation, une maladie quelconque ou une malédiction des dieux, comme Myrddin se plaisait à le répéter.

Non.

Si Carron était ce qu'il était, c'était à cause de ses parents eux-mêmes. Un draoidh *enfanté par un démon et une sorcière aux grands pouvoirs n'auraient pas dû s'associer ainsi ! Charnellement. Le produit de cette liaison était trop puissant pour son âge, trop malfaisant, trop avide de pouvoir, et habité par d'effrayantes ténèbres. En un mot : monstrueux. Je parvins donc à la conclusion qui s'imposait…*

L'union entre draoidhean et sorciers était une chose contre nature.

*

Les *draoidhean* avaient prévu de se réunir à la nouvelle lune. Comme s'ils préféraient attendre l'absence de l'astre pour prendre leur honteuse décision. Car je ne doute pas un instant que la décision ait déjà été prise par les chefs de la confrérie…

Le Grand *Draoidh* d'alors avait pour nom Fraoichan. Un homme impressionnant, de par sa taille et surtout de par sa prestance. Myrddin m'avait affirmé que Fraoichan était un demi-frère bâtard du roi Dabíd : telle en était peut-être l'origine…

En tant que sorcier, je fus tenu à l'écart des délibérations qui s'ensuivirent. Myrddin lui-même me mentit effrontément en m'assurant que la réunion aurait lieu à la pleine lune sur les hauteurs de Calton Hill.

Fort heureusement, ma nature lupine me confère un odorat surdéveloppé capable de repérer toute accélération cardiaque comme tout accès de transpiration subit. Je devinai donc son mensonge et le filai pendant plusieurs jours pour être sûr de ne pas manquer la réunion des *draoidhean.*

Lorsqu'elle se tint, dans un bâtiment en ruines situé sur la route du nord, j'épiais tout de loin.

Ce que je ne pouvais voir, je l'entendais.

Et je tremblai devant la décision prise par les *draoidhean.*

*

Note : *Carron devait quitter ce monde.*

Voilà ce qu'ils projetaient. Inutile de préciser que Myrddin se battit de toute la force de son éloquence pour adoucir la sentence, mais il n'y avait rien à faire… Peu avant l'aube, au terme de débats passionnés et de crises de rage, finalement, le grand Myrddin dut s'incliner et accepter le sort réservé à son fils par la confrérie des draoidhean d'Edin-burh.

Si dure que soit la loi, il fallait reconnaître l'évidence : Carron était un être mauvais et il fallait mettre un terme à ses agissements pour le bien de l'univers, pour que l'équilibre soit maintenu entre les mondes. Étant donné sa puissance, il fallait donc une action très forte pour le contrer : l'emprisonner ou le bannir seraient des solutions inutiles. Dérisoires.

Si par malheur il avait réussi sa folle entreprise sur Calton Hill, l'Entre-Monde aurait été détruit et les affres d'une dimension démoniaque se seraient déversés chez les humains par le biais du vortex d'Edin-burh…

Par la grâce de la Déesse, son crime avait été découvert à temps, le vortex refermé, et les créatures peuplant Ershetu La-târi[35] *ne déferleraient pas de sitôt sur Terre. Le fragile Entre-Monde, véritable carrefour entre les dimensions et cœur de l'univers, protégeait toujours le monde humain.*

Il fallait toutefois mettre Carron hors d'état de nuire, afin qu'une telle folie ne se reproduise jamais.

*

Je vis Myrddin ressortir des ruines hirsute, les épaules voûtées… Au bord de l'épuisement. Il avait perdu : son fils allait mourir. Son destin était désormais tracé.

Carron allait subir la double mort.

Fraoichan avait décidé de le priver non seulement de son enveloppe charnelle, mais aussi d'enfermer son esprit dans un lieu secret, d'où il ne pourrait jamais sortir. J'ignore le lieu qui fut choisi par les *draoidhean*. Je ne l'entendis point, ou tout au moins je ne le compris pas.

Restait un léger contretemps : il fallait retrouver l'enfant. Même si ce terme était difficilement applicable à Carron… Du haut de ses douze ans, il paraissait déjà jeune homme et faisait montre d'une maturité étonnante. Une maturité entièrement tournée vers lui-même et la quête de pouvoir. Il n'était pas réapparu, cependant, et Myrddin n'avait rien obtenu de sa mère qui refusait toujours de révéler sa cachette.

C'est alors que j'entrai en scène.

En cachette du Vieil Ours, je me lançai à la recherche de son fils. Les *draoidhean* ne disposent point des sortilèges des sorciers… Ni de la magie noire. Je répugne à l'admettre, mais je dus avoir recours à des rites anciens pour parvenir à mes fins ; des rites oubliés des hommes depuis si longtemps que rares étaient les sorciers à en connaître la teneur. Je connaissais ces sortilèges depuis toujours, mais n'avais jamais souhaité

---

35 « Pays sans-retour », nom du monde inférieur dans la culture mésopotamienne. L'équivalent des Enfers.

les transcrire, les mettre par écrit, par crainte que les générations futures ne les utilisent. La magie noire est terrible et hasardeuse… On n'obtient jamais tout à fait ce que l'on voulait.

J'aurais dû me rappeler cela.

*

Note : *Je fus victorieux là où ils échouaient, et retrouvai la trace de Carron en quelques jours. Je fus atterré de découvrir un garçon déjà développé comme un homme, comme s'il avait grandi plus vite qu'un humain normal… Il paraissait bien une vingtaine d'années.*

La deuxième chose qui me frappa fut son regard.

Ses yeux étaient deux perles d'obsidienne, noirs comme la nuit la plus sombre, la plus dépourvue d'espoir. Fixes. Durs. Emplis d'un savoir qui me terrifia.

Son contact prolongé avec le vortex avait fait de lui un Corrompu.

*

Les Corrompus étaient d'anciens sorciers ou d'anciens *draoidhean* qui, sous le coup d'une exposition à un flux de magie trop fort, ou trop prolongé, se métamorphosaient en créatures surpuissantes dépourvues de toute humanité. La magie noire pouvait aussi créer des Corrompus… Voilà pourquoi je l'utilisais rarement et avec la plus grande prudence.

Ce détail m'avait échappé, lors de la réunion des *draoidhean*.

Voilà pourquoi ils tenaient tant à se débarrasser de Carron : il n'était plus humain. Rien ni personne ne pourrait le contrôler, à présent.

Je savais ce qui m'attendait, en livrant l'enfant qui n'en était plus un à Fraoichan, sans me cacher : je savais que je perdrais mon plus proche ami. Celui qui s'apparentait le plus à un frère, pour moi. Et pourtant, j'étais conscient que les choses devaient se dérouler ainsi.

Une fois Carron placé sous la protection de Fraoichan, qui le mit sous bonne garde en prévision du rituel prévu, je fus sommé de quitter le bourg. Ce que je fis. Je ne pus me résoudre, toutefois, à quitter le royaume d'Alba sans dire adieu à Myrddin.

*

Note : *Il avait eu vent de ma « trahison », ainsi qu'il l'appela. Débusquer son fils pour le livrer à la justice avait fait de moi son ennemi mortel. Nous échangeâmes peu de mots, quelques coups. Pas tous de nature magique.*

Myrddin souffrait de perdre son enfant.

Je souffrais de perdre Myrddin.

Mais j'avais fait ce qu'il fallait et, lorsque je me retournais une dernière fois pour contempler la silhouette du castel dominant les remparts de bois, au loin, je sus que tout était bien.

*

Chroniques de Bleiz, manuscrit 7P8.
Été 1180.

La double mort ne fut pas suffisante.

L'esprit de Carron tentait sans cesse de s'évader de sa mystérieuse prison, ainsi que je le devinai en apprenant que des fléaux de toute sorte s'abattaient sur Edin-burh, en Alba. Les *draoidhean* se partagèrent en deux clans : l'un favorable à Carron, prônant l'allègement de la peine inédite que purgeait le *draoidh* maudit, l'autre ancré dans sa conviction qu'il fallait, au contraire, durcir son confinement pour laisser moins de liberté à son esprit.

Une solution fut trouvée, sans aucun doute, car peu à peu je cessai d'entendre des rumeurs de calamités en provenance d'Edin-burh.

Myrddin, en revanche, m'était perdu à jamais.

*

Notes : *Pour le bien de l'humanité, je décidai alors de m'atteler à une tâche nouvelle, une tâche de longue haleine qui allait certainement me demander des décennies de travail car je n'avais rien d'un législateur... Pourtant, les récents événements me confirmaient le bien-fondé de ma démarche.*

Quelqu'un devait à tout prix éviter la naissance d'un nouveau Carron, et pour cela il fallait empêcher l'union des draoidheans *et des sorciers. Au fur et à mesure de la rédaction de mon code de conduite, que je décidai d'appeler – un peu pompeusement, je l'avoue – La Loi Universelle des Rapports Entre Non-Terrestres, il me vint à l'idée qu'une interdiction pure et simple de tout rapprochement entre les deux factions était même préférable.*

J'ose espérer, au moment où j'écris ces lignes, que ce code ne sera jamais rompu et que Carron errera pour l'éternité dans les limbes où Fraoichan l'a enfermé.

Je compte bien y veiller.

*

La reine des Fées

Royaume d'Alba, non loin de la frontière avec l'Angleterre – l'an 1286.

Nul homme, nulle femme, sur Terre ne peut se targuer de prédire l'évolution de la pluie au cours d'une journée écossaise.

C'est sur cette vérité que méditait Thomas en menant sa mule sur le chemin transformé en bourbier, concentrant son esprit sur de nouvelles rimes pour éviter de se complaire dans la morosité et les lamentations sur son triste sort.

Il avait quitté son bourg natal d'Ercildoune[36], ce matin-là, pour se rendre à une assemblée de sorciers dans la forêt sacrée de Selekirk37, sur les hauteurs de la colline des Enchantées38. Un ancien territoire des *faeries*, d'après la légende ; en réalité, ce toponyme avait l'avantage non négligeable de tenir les villageois à l'écart car nul n'aurait pénétré sur un ancien territoire des fées. Voilà pourquoi les sorciers des environs aimaient à s'y regrouper, certains de jouir d'une grande tranquillité à l'ombre de ces arbres séculaires.

Car Thomas était un sorcier.

Son père en était un, et sa mère une sorcière. Il pouvait remonter ainsi à ses bisaïeuls et ne doutait point que le sang de sorciers qui coulait dans ses veines remontât au temps du grand roi Eydin39 lui-même.

La pluie sembla se calmer légèrement, et dans le cœur de Thomas se mit alors à croître une lueur d'espérance… Avec un peu de chance, il pourrait terminer son trajet jusqu'à Ercildoune au sec – autant que possible. Le sentier boueux ne sécherait pas avant plusieurs heures, mais si au moins l'orage voulait bien s'arrêter !

---

36 Ancien nom de la ville d'Earlston, au sud d'Edimbourg.

37 Selkirk, dans les Borders.

38 Autre nom des fées, appelées *faeries* en Écosse.

39 D'après une hypothèse étymologique d'Édimbourg, *Din Eydin* ou « fort d'Eydin ». L'auteur a choisi de faire de ce nom, Eydin, celui d'un roi antique.

Quelqu'un, dans les nuées, parut entendre la prière muette de Thomas, car l'orage prit fin au profit d'un timide et pâle soleil qui hésitait encore à percer les nuées.

— Tu vois, Morven ? Tout s'arrange !

La mule poussa un braiment vindicatif en pataugeant dans le bourbier.

— Allons, tu as l'habitude, non ? Ce n'est qu'un peu de boue.

Thomas tira sur la bride, incitant l'animal à avancer. Il retira son capuchon, maintenant inutile, et accueillit avec plaisir une brise fraîche qui lui ébouriffa les cheveux.

Si la pluie ne revenait pas, ils seraient à Ercildoune avant le soir.

Une heure plus tard, le soleil était devenu plus audacieux et dardait vaillamment ses rayons sur la terre. Thomas sentait à présent la sueur lui dégouliner dans le dos, tant à cause de cette soudaine chaleur, bien étrange en cette fin de printemps, que des efforts qu'il doit déployer pour obliger sa mule à accélérer le pas.

— Allez, Morven, du nerf ! Il nous reste encore de la route.

Certes, personne ne l'attendait à Ercildoune. Thomas était orphelin depuis de nombreuses années et n'avait jamais trouvé personne avec qui partager sa modeste existence. Non que les jolies filles eurent manqué, dans le coin ; mais la plupart ne voulaient guère d'un sorcier.

Depuis quelque temps, les gens se méfiaient des non-terrestres – *draoidhean*[40] et sorciers. Le père de Thomas avait coutume de dire que les temps changeaient, et pas pour le mieux ; c'était l'une des rares choses dont il se souvenait de cet homme intelligent, mais froid, empli de tristesse.

Tu avais sans doute raison, Père. Les choses sont en train de changer.

Thomas sentait confusément qu'un avenir sombre se profilait à l'horizon… Une sorte de prémonition, peut-être ? Cependant, il aurait été bien en peine d'en déterminer l'origine, ou d'en préciser les détails.

---

40 « Druides » en gaélique écossais. Le singulier est *draoidh* (à prononcer ainsi : « drou-i »).

— Par la Déesse ! Ce qu'il fait chaud…

Il fut obligé de remettre son capuchon en place pour ne pas avoir le visage cuit. Plus aucune trace de nuages dans les cieux, d'un bleu délavé. Les flèches roses de l'abbaye de Maolros41 émergeaient des arbres, plus loin devant lui.

Soudain, Morven glissa sur la sente spongieuse, dérapa, se rétablit de justesse. Un concert de braiments indignés éclata, et Thomas dut déployer un trésor de douce persuasion pour que l'animal daigne faire encore quelques pas.

Puis, elle s'arrêta.

Cette fois, rien n'y fit : Thomas eut beau tout essayer, la fermeté, les cajoleries, les menaces… Ce fut en vain. Morven refusa obstinément d'avancer.

Furieux, le jeune sorcier jura en tapant du pied dans un caillou, qui roula plus loin et se perdit dans les herbes bordant le chemin.

Le regard de Thomas tomba alors sur un arbre solitaire perdu au milieu d'un pré. Un grand chêne, probablement séculaire. Son feuillage touffu offrait une ombre dense ; une ombre qui serait fort bienvenue. Et certainement, aussi, un sol sec.

Quelques brebis paissaient alentour, paisibles et indifférentes. Aucun berger à l'horizon, par un toit en vue… Tout était calme, serein. Cette scène incitait à la détente.

Thomas prit sa décision.

— Fort bien ! Si tu veux faire une escale, autant nous reposer un peu. J'en ai assez de passer mon temps à te crier après ou à chercher des arguments avec toi… Tu n'es qu'un animal, après tout !

Il conduisit la mule – qui avait miraculeusement retrouvé tout son entrain – à travers le pré, fendant le troupeau bêlant d'affolement, droit sur le bel arbre au tronc noueux.

Thomas attacha la bride de Morven à une branche basse et se cala contre le tronc du chêne.

---

41 Melrose, dans les Borders.

— Grignote toute l’herbe que tu voudras, ma belle : en ce qui me concerne, j’ai l’intention de faire une petite sieste.

C’est un son doux comme le miel, cristallin comme un chant de sirène, qui tira Thomas de son sommeil sans rêves. Un chuchotis de métal qui devenait de plus en plus fort, de plus en plus présent, jusqu’à chanter une ensorcelante mélopée qu’il était bien difficile d’ignorer...

Le bruit cessa soudainement.

Lorsqu’il ouvrit les yeux, Thomas demeura pétrifié.

Il avait sans doute beaucoup dormi car le soleil avait tourné dans le ciel, et l’ombre ne touchait plus que sa tête. Devant lui se tenait un cheval à la robe immaculée, si éclatante sous les rayons solaires qu’elle éblouissait ses yeux tout juste tirés du royaume des songes. Il secouait une longue et fluide crinière blanche en le fixant d’un œil brillant. Et, juchée sur le dos de cette magnifique monture digne d’un seigneur, une cavalière non moins étonnante considérait Thomas avec amusement.

— Est-il bien prudent, doux damoiseau, de dormir ainsi sur le sol ? Blodwen[42] a manqué vous écraser de ses sabots !

Bien éveillé, à présent, Thomas bondit sur ses pieds et prit le temps de la réflexion.

— En réalité, ma dame, si votre jument m’avait écrasé c’est qu’elle se dirigeait droit sur cet arbre… Et dans ce cas, je ne peux que m’interroger sur le bon sens de votre monture.

La cavalière éclata d’un rire aussi clair que le son des grelots qui paraient le harnais de son cheval. Le vent joua avec ses mèches blondes, si claires qu’elles paraissaient aussi blanches que la crinière de la dénommée Blodwen… Lorsqu’elle se pencha vers lui, des étoiles brillaient dans ses grands yeux, ombrés de longs cils. Thomas sentit une douce chaleur envahir son cœur.

— Quelle répartie, doux damoiseau ! Je ne peux, cependant, vous donner tort… Blowen se dirigeait effectivement vers votre arbre.

42 « Fleur blanche » en gaélique.

Voulait-elle également prendre un peu de repos à l'ombre du chêne ? Thomas fut choqué à cette idée. Une jeune fille de qualité, ce qu'était visiblement cette inconnue, et qui de surcroît se promenait seule sur les chemins, ne pouvait s'allonger sur le sol… Cette idée lui paraissait des plus saugrenues. Il décida d'offrir galamment ses services, et proposa donc à la mystérieuse cavalière de la raccompagner chez elle.

Pour toute réponse, elle rit à nouveau.

— Comme c'est aimable à vous… Vous êtes charmant, doux damoiseau. Véritablement charmant !

Le jeune sorcier sentit sa gorge s'assécher brutalement. Le compliment le fit rougir comme une jouvencelle, même s'il lui sembla, l'espace d'un instant, que la cavalière parlait de lui comme d'un animal attendrissant qu'elle souhaitait ramener chez elle par caprice.

Non, j'ai dû rêver... Ce réveil en sursaut m'a laissé les idées embrouillées.

Il se racla la gorge, tâcha de prendre une posture plus digne. Le dos bien droit, le menton dressé, le regard sûr.

— Cela ne m'ennuie pas de vous accompagner, ma dame. Habitez-vous loin d'ici ?

— Un peu… mais guère.

— Quelle étrange réponse !

Tout comme la cavalière, en somme. Thomas la détailla plus avant : elle portait une robe vaporeuse d'un vert de mousse, dont on devinait l'encolure sous sa cape de voyage au tombé lourd. Ses mains fines portaient des gants tissés dans une toile iridescente, qui intrigua fort le sorcier.

Suivant la direction de son regard, l'inconnue dissimula bien vite ses mains en entortillant les rênes de sa monture.

— Là où je demeure, très cher, n'est pas un endroit pour vous. À moins que vous décidiez de me suivre, je ne peux vous contraindre à effectuer un tel périple.

— Vous ne me contraignez pas ! J'ai ma mule. Elle manque un peu de docilité, mais je suis sûr qu'elle pourra suivre le pas de votre jument.

L'intéressée hocha la tête, comme pour approuver. Morven, quant à elle, s'intéressait à un nouveau carré d'herbe et ne tourna même pas la tête.

De toute façon, le sorcier ne s'en souciait pas. Tout ce qui comptait pour lui, à présent, était que la belle damoiselle accepte sa proposition et le laisse la raccompagner jusque chez elle. C'était devenu capital ! Une urgence le poussait à ne pas laisser s'échapper l'inconnue, à la suivre, pour en apprendre plus sur elle, peut-être la revoir un jour ?

Elle est si belle…

S'apercevant qu'il la fixait depuis un temps trop long pour la bienséance, il reprit ses esprits et sourit.

— Je me nomme Thomas, précisa-t-il en esquissant une courbette.

— Et moi Aveleen.

— Je suis enchanté.

Elle rit encore, une lueur étrange au fond des yeux.

— Je n'en doute pas, Thomas.

— Alors, par où est-ce ?

Aveleen tendit un doigt vers l'arbre.

Thomas haussa les sourcils.

— Au sud ?

— Non, juste là.

Elle désigna l'arbre, à nouveau.

— Oh… Que voulez-vous dire ? Je ne vois pas une gente dame comme vous nicher dans un arbre telle une pie !

Ils partagèrent un bref éclat de rire, puis Aveleen se pencha sur sa selle jusqu'à placer son visage à hauteur de celui de Thomas, ou presque.

— Venez quérir un baiser, Thomas, et ensuite nous partirons.

Abasourdi, il se demanda s'il avait bien entendu… Pourtant, la jeune femme patientait, yeux rieurs, lèvres tendues vers lui.

Thomas se vit, comme dans un rêve, faire un pas en avant et déposer sur cet autel délicat le baiser demandé.

Alors, tout bascula.

Il n'y eut plus ni haut ni bas, ni sol ni cieux.

Juste une bourrasque qui le propulsa en selle, derrière l'inconnue, et un tourbillon coloré qui l'emporta droit sur le tronc du chêne où il avait dormi un peu plus tôt. Thomas ouvrit la bouche pour crier, mais au moment où il s'attendait à entrer en collision avec l'écorce rugueuse, il vit l'arbre s'ouvrir pour révéler un passage dans lequel s'engouffra Blodwen chargée de ses deux cavaliers.

Ils se retrouvèrent ensuite à l'air libre, au cœur d'une clairière bien différente des alentours de Maolros qu'ils venaient de quitter.

— Qu'est-ce donc que ce sortilège ? s'écria Thomas, furieux d'avoir été trompé. Qu'as-tu fait ? Où m'as-tu mené ?

Il bondit de la croupe de Blodwen pour atterrir sur une herbe fraîche, moelleuse sous le pas. D'un vert plus vif que tout ce qu'il a pu voir jusqu'à présent. Alors, il comprit : Aveleen n'était pas une sorcière, mais...

— Une *faerie* ? C'est cela, n'est-ce pas, tu es une *faerie* ?

Sa ravisseuse, puisqu'il lui fallait se résoudre à accepter d'avoir été enlevé par une femme, affichait cette fois un air profondément navré.

— Non, Thomas. Je suis Aveleen, la reine du peuple *faerie*. N'as-tu donc jamais entendu parler de moi ?

— La... La reine ?

— Mais bien sûr ! Enfin, pourquoi croyais-tu que je désirais passer par cet arbre ? Pour y grimper, vraiment ?

— C'était... une porte entre nos mondes ?

Elle acquiesça, fit la moue.

— Je pensais que tu savais à quoi t'en tenir.

— Mais pas du tout ! Je veux rentrer chez moi : faites-moi repasser par...

Il s'avisa soudain que le portail magique avait disparu derrière eux. Il n'y avait que la clairière, cernée par de grands arbres ressemblant à des sentinelles.

Il était perdu.

Perdu !

— Tu as accepté de venir dans mon royaume de ton plein gré, poursuivit la fée. Tu ne peux en partir comme bon te semble !

Le sorcier sentit ses genoux trembler. Malgré sa colère, malgré l'attirance qu'il avait ressentie tantôt pour cette perfide Aveleen, une sourde peur rampait à présent dans ses entrailles…

Thomas se prit la tête entre les mains, retint un cri de rage. Aveleen parlait sans fin, essayait de l'apaiser par de douces paroles : elle allait l'emmener dans son palais, faire en sorte d'adapter son corps à ce nouveau monde qu'il ne connaissait pas afin qu'il puisse y vivre, lui apprendre tout ce qu'il devait savoir pour demeurer à la cour…

Mais Thomas n'écoutait guère. Il ruminait. Il enrageait. Comment avait-il pu se laisser séduire par cette étrangère, perdre tout bon sens au point de se faire enlever par la reine des fées ?

Par enchantement, bien sûr !

Il frissonna. Si le quart seulement de ce que l'on disait sur les *faeries* était vrai, il ne rentrerait jamais chez lui, ne reverrait plus cette entêtée de Morven, ni ses confrères sorciers, ni Ercildoune qui l'avait vu naître… Il ne survivrait peut-être même pas à cette journée.

Un fait, pourtant, lui redonna espoir.

— Vous m'avez emmené ici : pourquoi ? Parce que je vous plaisais ?

— Oh, mon tout beau, bien entendu que tu me plais. Tu es adorable, avec ton air perdu et tes yeux pleins de gentillesse…

Comme l'est un chien, songea Thomas. Pour elle, il n'était rien de plus qu'un amusement, un passe-temps. Une créature attachante qu'elle entendait dresser pour la garder auprès d'elle.

Thomas ferma un instant les paupières, un peu étourdi par cet air si pur qu'il lui montait à la tête. Il tâcha de rendre sa voix à la fois ferme, mais douce, afin de ne pas braquer Aveleen ; les fées, disait-on, sont d'étranges créatures, cruelles et susceptibles. Malheur au pauvre hère qui tombe entre leurs mains !

Malheur à moi.

— Je veux rentrer chez moi, dame Aveleen. Tout ceci est un malentendu… Je me sens flatté de l'intérêt que vous m'avez porté, mais…

— Et toi, tu ne m'as porté aucun intérêt, peut-être ? Et le baiser ? T'ai-je forcé, dis-moi ?

— J'avais perdu la tête ! Et je pense que votre magie n'y est pas étrangère.

Elle rit à nouveau, attendrie.

— Mon cher Thomas, il n'est nul besoin de magie pour cela… Tes semblables ont toujours été attirés par mon peuple : nous vous fascinons. Vous rêvez de nous sans cesse. Songe ou cauchemar, qu'importe ! Nous peuplons vos rêves, vos récits, vos légendes.

— Si j'ai su toucher votre cœur, ne serait-ce qu'un peu, alors accordez-moi de me laisser rentrer chez moi ! Je vous en prie, reine Aveleen.

Elle descendit de sa monture, qui s'éloigna de quelques pas.

— Tu refuses absolument de rester ? Je t'assure que tu n'auras à te plaindre de rien ! Tu auras un bon logis, de la nourriture, de somptueux vêtements, tu participeras à nos rites et nos fêtes… Je veux faire de toi un compagnon.

— Pour amuser les courtisans, qui n'ont jamais vu d'homme tel que moi ?

Aveleen secoua la tête, et Thomas crut voir passer un nuage sur la surface de son regard semblable à un lac profond et mystérieux.

— Non, Thomas. Tu aurais été un ami.

— Il existe donc un moyen de rentrer ?

— Ce moyen existe, confirma Aveleen en s'approchant de lui, si près qu'il aurait pu l'embrasser à nouveau.

Il repoussa toutefois cette pensée. Il ne fallait pas tomber à nouveau sous l'envoûtement de cette *faerie* ! Quel qu'il soit, le charme était puissant. Dangereux. Déjà, Thomas se penchait légèrement vers son beau visage, ses lèvres veloutées…

Il se reprit de justesse.

— Alors, permettez-moi de rentrer chez moi. Je vous en prie.

— Tu ne m'aimes donc pas, Thomas ?

— Pas comme… Pas de… Enfin, nous ne nous connaissons pas, reine Aveleen ; peut-être aurais-je appris à vous aimer, mais je ne suis pas de votre monde.

Elle poussa un léger soupir qui caressa son menton.

— Soit. Moi, je crois que je t'aimais déjà, mon doux damoiseau prêt à tout pour sauver une dame en détresse.

Elle sourit, puis s'écarta.

Thomas la regarda marcher jusqu'à un arbre, de l'autre côté de la clairière, qui portait des pommes vertes et lisses, qu'il devinait juteuses à souhait. De beaux fruits sans le moindre défaut.

Elle revint vers lui, lui tendit la pomme.

— Tiens, mon Thomas. En souvenir de moi, je te fais don d'un pouvoir qui s'épanouira en toi dès que tu auras regagné ton monde.

Il prit le fruit, tenté d'y mordre mais un peu circonspect. De vagues souvenirs bibliques remontèrent dans sa mémoire, l'enjoignant à la plus grande prudence face à une femme qui lui proposait une pomme.

Cependant, il n'était pas question de connaissance dans ce cas précis.

N'est-ce pas ?

— Quel pouvoir, au juste ? s'enquit-il, sourcils froncés.

— Il se trouve qu'ici, le temps s'écoule différemment de chez toi. Si tu croques dans cette pomme, tu conserveras en toi un peu du temps des *faeries* et cela te permettra de t'affranchir des lois de ton monde pour entrevoir l'avenir.

— Vous m'offrez le don de prophétie ? Vraiment ?

Thomas considéra la pomme avec étonnement.

C'était bel et bien un « fruit de la connaissance ».

— Que va-t-il se passer, si je mords dans cette pomme ?

— Tu deviendras voyant, Thomas. Clairvoyant. Appelle cela comme tu voudras… Tu seras capable d'entrevoir l'avenir et de prédire certains événements. Mais tu devras être prudent : tout don de prophétie s'accompagne d'une langue incapable de mentir ! Tu seras condamné à dire la vérité, partout, tout le temps. Comprends-tu ?

Thomas sourit enfin. Pour la première fois depuis qu'il était entré au pays des *faeries*.

Voilà qui n'était pas si terrible, comme contrepartie ! Il avait déjà le mensonge en horreur, alors cela ne lui coûterait guère. Et puis… Prédire l'avenir ? Quel don merveilleux !

— Merci, reine Aveleen.

Il croqua dans la pomme, s'émerveilla de son goût délicieux.

Ensuite, la reine des *faeries* écarta les pans de son manteau pour dévoiler un étrange pendentif en forme de goutte d'eau.

— Voici la Larme de Persine. Si tu la touches en même temps que moi, tu rentreras chez toi.

Thomas se réveilla en sueur, au pied de l'arbre.

Il était seul. Sa mule avait dû défaire le nœud de sa bride et s'échapper. Il se mit debout, agita ses membres ankylosés.

Avait-il rêvé tout cela ? Aveleen, la jument blanche, le royaume des fées, la pomme, la Larme de Persine… ?

Soudain, il eut comme un flash.

Il vit des choses, des personnes, des scènes… Un roi tombant de cheval pendant une tempête, des chevaliers s'entre-tuant, un géant au visage couvert de boue haranguant des troupes dépenaillées au cœur de la forêt… La pierre de couronnement, volée dans la nuit. Le drapeau du royaume d'Angleterre flottant sur une tour sombre.

— Par la Déesse, ce n'était donc pas un rêve !

Il fit quelques pas, brusquement envahi d'un besoin irrépressible d'écrire… De mettre par écrit des mots, qui lui venaient seuls – il ne savait d'où : ils flottaient dans sa tête, à la frontière de sa conscience, et un vague instinct lui dictait de les noter avant qu'ils ne s'évanouissent. Qu'ils étaient très importants.

Thomas se mit à courir en direction de la flèche rose de l'abbaye de Maolros, qu'il distinguait au-dessus des arbres. Le bourg était paisible, et il n'eut aucun mal à trouver un maître tanneur qui lui vendit un morceau de parchemin et lui prêta une plume.

Tout en trempant la plume dans le petit encrier de terre cuite, il écoutait le marchand se plaindre de l'insécurité des temps. Les bandits, les pillards qui sévissaient dans la région étaient plus dangereux que les soldats d'Édouard, d'après lui.

— Quel Édouard ? Marmonna Thomas sans cesser d'écrire.

— Cette question ! Le roi d'Angleterre, pardi.

— Oh. D'accord. Mais pourquoi y a-t-il des pillards, et que vient faire le roi d'Angleterre dans cette affaire ?

L'homme le considéra avec stupeur.

— Vous avez vécu dans une grotte, ma parole ! Nous sommes en guerre.

— En guerre ?

— Pour notre indépendance, oui ! Édouard voudrait annexer le royaume d'Alba à sa couronne et a proclamé roi Iain Bailiol[43], et les prétendants sont nombreux à vouloir détrôner Bailiol pour coiffer la couronne et bouter Edgardo hors d'Alba !

Thomas ouvrait de grands yeux.

— Mais… Et le roi Alexandre[44] ?

— Mort, pour notre plus grand malheur. Dieu ait son âme. Le malheureux a chuté de cheval, ne laissant aucun héritier à part sa fille de deux ans… Morte, elle aussi.

Par tous les dieux !

Comment Thomas avait-il pu manquer tous ces événements ? Combien de temps était-il parti ? Interrogé, le tanneur lui apprit que l'on était au printemps de l'an 1293.

Sept ans ?

Il s'était donc écoulé sept longues années sur terre, pendant que Thomas baguenaudait avec la reine des *faeries*… ? Le sorcier ressentit un brusque vertige.

Sept ans ! Par la robe de la Grande Déesse…

— Ah, il s'en est passé, ces dernières années ! poursuivit le tanneur. Et l'avenir est plus obscur que jamais.

---

43 Nom écossais de Jean Balliol.

44 Alexandre III, qui régna en Écosse de 1249 à 1286.

Tout dépend pour qui… La reine Aveleen avait peut-être confié ce don à Thomas afin qu'il éclaire les autres hommes de son temps, justement ? D'où l'intérêt primordial de ses visions.

Thomas reprit la plume, acheva d'écrire la dernière avant de rendre la plume et l'encrier.

— Je vous remercie. J'ai terminé.

— Bien. Ce doit être une missive urgente, pour que vous soyez ainsi pressé ?

— Non. Juste un message que je ne voulais pas oublier.

— Oh oh. Un message… pour Edouard ? Pour Iain Bailiol ?

— Pour la postérité.

Thomas se leva, jeta enfin un regard aux mots qu'il avait tracé sous la dictée d'une voix intérieure. La déception l'envahit… Ce n'était que du charabia. Il n'y comprenait rien du tout !

Cependant, il songea que quelqu'un, un jour, déchiffrerait probablement le message… C'était important, il l'aurait juré. Alors il roula le précieux parchemin et le glissa à sa ceinture.

*

La prophétie de Thomas Rhymer

Le vif trépassé héritier des deux lignées,
Tombé en poussière, mais prisonnier de son tombeau,
Le noir daemon remontera des profondeurs.
Ce jour, l'élue des hommes avec le sang de l'héritier devra se lier
Afin de forger la clef qui sauvegarde le monde.
Clef et glaive fondus seront nécessaires
Pour donner au vif trépassé le repos éternel ;
Enfants des dieux, deux champions en porteront l'écu.

Message pour mes lecteurs

Si tu as aimé ce recueil autoédité, n'hésite pas à laisser un commentaire sur Amazon, où je publie mes romans indépendants en exclusivité. Ton avis est précieux ! Il permet de guider les futurs lecteurs dans leurs recherches, récompense mon travail et me permet de continuer à vivre cette aventure avec toi, tout simplement.

D'avance, merci à toi pour ce petit geste tout simple qui est si important pour mes livres.

Bonus

Un peu perdu(e) dans l'univers des Ombres d'Édimbourg ? Pour découvrir la chronologie de la saga, je t'invite à suivre ce lien :

anna-lyra.com/eclatsdombres

REMERCIEMENTS

Je tiens à remercier toutes les personnes qui m'ont permis de donner jour à ce roman, et en particulier mon mari, qui ne cesse de croire en moi.

Merci à mes bêta-lectrices, Delphine et Marion, qui m'ont apporté de précieux conseils, d'intéressants points de vue et de stimulantes conversations !

Merci à Virginie, Floriane, Elena, Camille, Aurelia, Sarah.

Merci à Aurore et Ysaline pour leur soutien et leurs encouragements. C'est un plaisir que de vous suivre toutes les deux, d'année en année, et de partager avec vous l'aventure de l'écriture.

Merci à vous, chers lecteurs, d'avoir plongé en ma compagnie dans les sombres légendes urbaines d'Édimbourg. J'espère que le voyage vous a plu et je vous dis à bientôt pour la suite…

Table des matières

Printed in France by Amazon
Brétigny-sur-Orge, FR

20097802R00117